Ernst von Wolzogen

Fahnenflucht

Ernst von Wolzogen

Fahnenflucht

ISBN/EAN: 9783744639514

Hergestellt in Europa, USA, Kanada, Australien, Japan

Cover: Foto ©Andreas Hilbeck / pixelio.de

Weitere Bücher finden Sie auf **www.hansebooks.com**

Fahnenflucht

Novelle

von

Ernst von Wolzogen

Vierte Auflage

Berlin W

F. Fontane & Co.

1895

Dem Verfasser
des
„Pfarrers von Breitendorf"

seinem verehrten Freunde und Mitarbeiter

im Geisteskampfe der Gegenwart

Herrn

Wilhelm von Polenz
auf Cunewalde
.

zugeeignet vom Verfasser.

Da blies wahrhaftig schon der Hornist: „Kartoffelsupp, Kartoffelsupp, die ganze Woch Kartoffelsupp!"

Dreiviertel zwölf Uhr — und wie die Juni= sonne stach! Unter dem drückenden Helm floß der Schweiß den Mannschaften in Strömen über die verstaubten Gesichter und den Nacken hinab hinter die Binde. In dem neuen roten Backsteinbau der Kaserne knallten die Thüren und die schweren Tritte der Nägelschuhe polter= ten über die Gänge und die Treppen hinunter. Die Essenfasser versammelten sich in der Küche. Und die elfte Compagnie stand noch immer feld= marschmäßig unter Gewehr drunten im Kasernen= hof, mit zugekniffenen verklebten Augen der Sonne entgegen blinzelnd und mußte sich die

1*

Standpauke ihres strengen Herrn Hauptmanns anhören.

„Es thut mir ja selber leid," schloß er seine Rede, indem er seine durchdringende Knarr= stimme ein wenig zu dämpfen suchte, „wenn ich die ganze Compagnie darunter leiden lassen muß, daß so ein paar faule Luder drin stecken. Wenn die Kerls nicht genug Murr im Leibe haben, um ihre krummen Knochen so heraus zu feuern, wie es der Ernst des Dienstes verlangt, dann kann ich euch anderen, mit denen ich sonst zufrieden bin, nur raten, selber dafür zu sorgen, daß die Lümmel euch nicht den Kram verderben. Wenn sie von Hause kein Ehrgefühl mitbringen, dann muß es ihnen eben eingebläut werden. Laßt euch das gesagt sein. — Wegtreten!"

Eine stramme rasselnde Kehrtwendung, und dann lösten sich die Glieder auf und die Mann= schaften eilten meist im Trabe auf das Mittel= thor der Kaserne zu. Waffengeklirr, Stiefelge= stampf, Stöhnen, Fluchen und Lachen — ein Höllenlärm. Alle zugleich wollten sie die Treppe hinauf, alle hundertundvierundbreißig Mann. Keiner wollte eine Sekunde länger als durch=

aus notwendig draußen in der Sonnenglut
verharren. Und die Nachdrängenden stießen
die Vordermänner unsanft mit den Fäusten,
wenn sie ihnen nicht schnell genug voran=
stiegen. Auf dem zweiten Treppenabsatz gabs
eine Stockung. Ein Mann war durch einen
Puff, den er mit einem Gewehrkolben in die
Kniekehle bekommen hatte, zu Falle gekommen.
Mit einem lauten Knall traf der im Fallen
vorgestreckte Gewehrlauf das Treppengeländer
und der Mann schlug mit seiner Nase so heftig
auf den Kammerknopf, daß sofort Blut heraus=
quoll. Der Helm fiel ihm vom Kopfe und
wurde von den Nachdrängenden Spaßes hal=
ber mit den Füßen von Stufe zu Stufe trepp=
auf geschleudert.

„Nu natierlich, Quaritsch! Du werscht
Dich hier erscht e' bissl ausruhn, eh daß De
weiter 'nuff machst — Kerl, Du blutt'st ja
wie e Schwein. Paß uff, die Treppe kannst
Du D'r alleene scheiern. — Wer is'n das?
Nu, Quaritsch, natierlich, allemal! Das dumme
Luder fällt eingal ieber seine eichnen Gnochen.
Werscht De Platz machen? — Nu frei Dich

bloß, mei Sehnechen, wennst De uff de Stube
gommst — da setzts er Bläße! Von Deinswegen
ham mir heite eene Stunde länger schwitzen
miſſen. Na warte, Du krummer Hund, Dir
wer'm'rn Barademarſch beibringen!"

Mit ſolchen und ähnlichen freundlichen Reden
und herzhaften Aufmunterungen ſtürmte die wüſte
Schar an dem Füſilier Quaritſch vorüber.
Er wartete bis der Letzte vorbei war. Dann
raffte er ſich mühſam auf und ſchleppte ſich die
Stufen hinan. Seinen Helm fand er weit hinten
im obern Korridor wieder, arg verbeult von
den empfangenen Fußtritten. Er hob ihn auf,
betrachtete ihn einen Augenblick mit gleich-
gültigem Lächeln und dann ſchlurfte er mit
eingeknickten Knieen ſchwerfällig der Stube zu,
auf der er lag. Er ſtellte ſein Gewehr im
Korridor in den hölzernen Riegel, der ſeinen
Namen trug und dann löſte er die Haken der
Tragriemen von der Koppel los und ließ den
Torniſter mit einem tiefen Stöhnen von der
Schulter gleiten. Der fiel zu Boden, und gleich-
gültig ſchleifte ihn der Mann an einem Riemen
hinter ſich drein über die Schwelle.

Der Stubenälteſte fuhr ihn an: „Na, Qua=
ritſch, gemmſt De heite nich, ſo gemmſte mor=
chen! Nee, nu ſätt Eich bloß amol das Ge=
mächte an! Wie ſo'e ahler Droſchkengaul
gemmt er angeſchleeft mit ſein'n Affen. Mach
baß De Deinen bluttchen Nuſchel reine bringſt,
ſonſt gibts niſcht zu freſſen. Mir woll'n uns
nich'n App'tit verberben laſſen. Nachhen ſprechen
mir uns weiber.“

Der Geſcholtene erwiderte kein Wort. Er
öffnete ſeinen Schrank, warf Helm und Torniſter
hinein, ſchnallte die Koppel ab, zog den Rock
aus und die Drillichjacke an und bann ſchleppte
er ſich nebenan in den Schlafraum, um ſich das
Blut aus dem Geſicht zu waſchen. Dann warf
er ſich tobmübe auf ſeinen Strohſack.

Aber zum Ausruhen war jetzt keine Zeit.

Kaum zehn Minuten ſpäter ſchrieen ihm die
Kameraben von nebenan zu, baß das Eſſen ba
ſei. Der Stubenälteſte teilte die Bohnenſuppe
in die Näpfe aus und zerlegte die Fleiſch=
portionen auf einem Brett in ſoviel Teile, als
Männer auf dem Zimmer lagen. Dann mußte
ſich Quaritſch herum brehen und, während der

Stubenälteste mit seinem Messer die einzelnen Fleischstücke berührte, die Namen der einzelnen Kameraden nennen. Der Zufall fügte es, daß er das beste Stück für sich selbst wählte. Da gab es denn ein groß Halloh. Gegen die Fügungen dieser durch den alten Gebrauch geheiligten Fleischlotterie wagte sich niemand aufzulehnen, aber böse Reden bekam der arme Teufel genug zu hören, und der Stärkste und Rüdeste der ganzen Korporalschaft, der Füsilier Füchsel, ließ seine schwere Faust auf sein Genick fallen, schüttelte ihn tüchtig und rief: „Wennste am Ende Pfeffer unde Salz derzu brauchst, derfst De Dich nur an mich wenden."

Quaritsch ließ alles stumpfsinnig schweigend über sich ergehen und schlang möglichst hastig seine Mahlzeit hinunter. Sobald er sich gesättigt hatte, zog er die Stiefeln aus und streifte seine alten Pantoffeln über die plumpen Füße. Er benutzte die Gelegenheit, als einige der Stubengenossen hinausgegangen und die anderen vor ihren Schränken beschäftigt waren, um unbemerkt in den Schlafraum zu schleichen und sich abermals auf seinen Strohsack zu werfen.

Eine kurze Mittagsruhe glaubte er sich durch die Anstrengungen des Morgens verdient zu haben. Die Kniee thaten ihm erbärmlich wehe. Die Muskeln und Sehnen der Oberschenkel schmerzten wie nach einem langen, ungewohnten Ritt und von den Knieen abwärts fühlte er seine Beine überhaupt nicht mehr.

„Kniee durchdrücken! Will er wohl die Kniee durchdrücken, schlapper Hund? — Na warte, wir wollen Dir die Bauernbeene schon noch gerade kriegen, daß Deine Alte Dich nicht wiederkennen soll, wennste heeme kommst. Warte Luder, ich will Dich lehren Deine Knoche 'rausschmeißen, daß De se nachen auf'm Kasernendache suchen kannst —!"

So hatten sie seine dicken großen Ohren umschmeichelt, die Herren Unteroffiziere, vom ersten Tage seiner Rekrutenschaft an bis heute. Und die Beine waren doch nicht gerade geworden. Sein Vater und sein Großvater und wer weiß wie viele Vorfahren noch waren mit ebensolchen krummen Knieen hinter dem Pflug und neben dem Ochsenwagen hergegangen und waren dabei brave Leute gewesen, die in Frieden ihr sauer

verdientes Brod aßen. Auf diesen Beinen war
er fest und sicher gestanden bis in sein zwanzig=
stes Jahr und sie hatten ihm noch nie den Dienst
versagt, auch nicht, wenn er sich bei Regenwetter
stundenlang durch aufgeweichten Acker schleppen
mußte, bergauf, bergab und zehnpfundschwere
Fladen ihm an den Stiefeln klebten. Die
Beine gehörten zu seinem ehrlichen Erbe, eben=
sogut wie die mächtigen harten Fäuste und die
sehnigen Arme mit denen er Kraftstücke verrichten
konnte, die ihm nicht viele nachmachten. Er
hatte sich ihrer nie zu schämen gebraucht bisher
— und jetzt auf einmal wurden alle Höllen=
hunde dagegen losgelassen, wie wenn durch
sie der ganze Soldatenstand verschimpfiert, das
Vaterland geschändet würde. Was konnte er
dafür, daß diese dicken kurzen Sehnen sich nun
einmal nicht mehr strecken ließen? Jahrhunderte
hatten daran gearbeitet, sie allmählich so zu
gestalten, wie sie jetzt waren, und nun sollte
der Drill eines Jahres den Starrsinn des Na=
turgesetzes überwinden! Der Unteroffizier wollte
das Entwicklungsgesetz vergewaltigen! Beim
Feldbienst kam er ganz gut mit und den ge=

packten „Affen" auf langen Märschen zu schleppen machte ihm weniger Beschwer als den meisten anderen; aber dieses entsetzliche Exerzieren, dieser verfluchte Parademarsch! Er brachte ihn nun einmal nicht fertig, diesen weitausgreifenden Stechschritt. Er mußte springen, um nur überhaupt mitzukommen. Dadurch war er bald voraus, bald blieb er zurück und brachte die Richtung jedesmal ins Schwanken. Er konnte nicht anders, so sehr er sich auch anstrengte. Bei Vorstellungen und Paraden ließ ihn der Hauptmann schon gar nicht mehr mitthun, weil er mußte, daß der Quaritsch doch alles verdarb; aber beim gewöhnlichen Exerzieren hatte er es dafür um so schlimmer, da war er der Hauptsündenbock der Compagnie, vom Gefreiten bis zum Hauptmann entleerte jeder Vorgesetzte seine Galle über seinen Dickschädel. Gegen das ewige Geschimpf war er so allmählich unempfindlich geworden, nicht aber gegen die körperlichen Schmerzen und gegen den Hohn und rohen Mutwillen der Kameraden. Er hatte keinen Beschützer unter den Vorgesetzten, keinen Freund in der Compagnie, er war vogelfrei, und jeder

boshafte Streich, der ihm gespielt wurde, jede
niederträchtige Peinigung, der ihn die Grausam=
keit der Stubengenossen unterwarf, fand die
schmunzelnde Billigung der nächsten Vorgesetzten,
welche für den „krummen Hund" eine menschen=
würdige Behandlung für durchaus unangebracht
erklärten. Die Herren Offiziere haben ja nur
selten Gelegenheit, die intimen Vorgänge in
den Kasernenstuben kennen zu lernen, und daß
auf dem berühmten Beschwerdewege, der jedem
Soldaten bekanntlich offen steht, nicht groß
Heil zu erwerben ist, das war schon dem jungen
Rekruten sehr bald klar geworden. Die erste
Instanz war ja der Herr Feldwebel, sein un=
nachsichtigster Feind, der ihn schon unzählige
mal denunziert und dem Hauptmann zum Nach=
exerzieren und anderen empfindlichen Straf=
diensten empfohlen hatte. Ein einziges mal
hatte er den Kameraden mit Beschwerde ge=
droht — und da hatten sie ihm heilig ver=
sprochen, ihn tot zu schlagen. Seither hatte er
den Gedanken aufgegeben. Ein paar mal
hatte er es auch mit der Selbsthülfe versucht
und wuchtige Faustschläge ausgeteilt, stets aber

der Übermacht unterliegen müſſen. Und ſo war er endlich dahin gelangt, mit ſtumpfer Gleich= gültigkeit alles über ſich ergehen zu laſſen.

Lange ſollte er ſeine Mittagsruhe nicht ge= nießen. Da drin hatten ſie ſein Fehlen be= merkt und nach etwa zehn Minuten ſchon kam der Stubenälteſte hereingepoltert und zog ihn am Ohr vom Lager auf.

„Ih nu natierlich,“ ſchrie er ihn an, „hat ſich das Faultier die Blauße vollgeſchlagen bis daß 's ſich nich mehr riehren kann. Du wartſt wohl noch uff ene extra Einladung zum Gewähr= butzen, mei Sehnechen? Paß uff, ich wer D'r helfen!“

Quaritſch ſtieß den Arm des Stubenälteſten bei Seite und ſagte mürriſch: „Kennt'r mich denn nich e eenziges Mal zufrieden laſſen? Mir thun de Knochen ſo weh, ich kann de Beene nich mehr rihren.“

„Soll ich vielleicht en Sergeanten holen, daß D'r der b'r Dir ſe . rihren hilft? Wenn De niche balbe uffſpringſt, nachen freß m'r Dir Deine Wärſchte uff.“

„Was meenſte? Was'en for Wärſchte?“

„Deine Ahle hat äbcn ene Gifte geschickt. Ui jemmersch, nu guck bloß, wie der Kerl huppen kann, wenn'r was von Wärschten heert!"

Quaritsch war in der That auf die über= raschende Kunde von der Ankunft einer Kiste für ihn mit einem Satz vom Bette gesprungen und taperte nun mit aufgeregter Hast ins Neben= zimmer. Einer der Kameraden wog das Kist= chen in der Hand, ein anderer schnupperte daran, um den Inhalt mit der Nase zu erraten, als Quaritsch dazwischen fuhr und mit plumpem Griff sie dem ersteren entriß. Er schwankte nach dem Fenster, nahm im Vorbeistreifen ein Fa= schinenmesser auf, an dem just einer geputzt hatte und sprengte damit mit ungeduldiger Hast den Deckel auf. Oben auf lag ein Brief und darunter wurden ein kleiner Steintopf mit Butter und eine Leberwurst sichtbar. Darunter verbargen sich aber in Papier gewickelt noch mehr der Herrlichkeiten. Ein breites Lächeln verklärte sein dickes rotes Gesicht. Er pustete und stöhnte hörbar, wie er es bei allen Gemütsbewegungen zu thun pflegte und dann stellte er die offene Kiste neben sich aufs Fensterbrett, zog sich einen

Schemel herbei, entfaltete seinen Brief, stützte
die Ellbogen breit auf, steckte die beiden Zeige=
finger in die Ohren, damit ihn nichts bei der
schwierigen Arbeit stören solle und machte sich
eifrig daran, das mütterliche Schreiben zu ent=
ziffern. Das Papier zeigte einige Fettspuren sowie
einen Tintenfleck. Die Zeilen liefen nach ver=
schiedenen Richtungen hin auseinander. Die
Rechtschreibung ließ alles zu wünschen übrig
und an der Schrift hätte der Schulmeister auch
viel auszusetzen gehabt, aber Gottlieb Quaritsch
studierte es mit ehrfürchtigem Ernst, wie das
heilige Evangelium. Das Schreiben lautete
also:

„Mein lieper Sohn!

Wir habn zu Finksten geschlacht darum sente
ich Dir ein funt Prat Ein leperwurscht unt
Zwei kleine Knoplochwurscht unt Hofen daß
du selbe in pesten wohlsein verseren magst auch
ein sticke Zwippelgugen leche ich anbei Der
Vater hat sich missen Bespreche lasen wechen
sein Reisen aber keholfen hats nischt Deine
Brider keht es gutt Garlechen hat auf der
Scharsee neilich Fufzig Fennije kefunden mit

beine schwehster haben mir fil Erker weil sie
sich mit Demmes Emil einkelasen hat unt jetzt
weißen sie mit finger auf das Mächen er wil
sie nich Heiraben ber schlechte Mensch unt die
Amalie krämt sich so womit ich verbleipe beine
bich ewig liepenbe Mutter

Wilhelmine Quaritsch.
Wir wärn Sie toch wohl als Amme gehn
lasen, wenns nich annersch is."

„Alle Dunner alle Quatschgen!" fluchte er
halblaut vor sich hin, indem er mit ber Faust
auf das Fensterbrett schlug. Wenn er jetzt zuhause wäre, wie wollte er Demmes Emil
das Leber gerben unb ber Amalie bem „tummen
Mensch" hätte er auch gern „eine gelangt,"
wenn er sie zur Hanb gehabt hätte. Er fühlte
sich als Ältester der Familie, als Erbe bes
kleinen Anwesens mitgetroffen burch bie Unehre,
welche bie einzige Schwester über bas Haus
gebracht hatte. Freilich, bie Mäbchen in seinem
Stanbe trieben es alle nicht anbers unb einen
Mann konnten sie beswegen boch kriegen; aber
baran bachte er in ber ersten Aufregung nicht.
Er kam sich so wichtig vor als zukünftiges

Familienoberhaupt — und da stand ihm die
moralische Entrüstung wohl an. Die gute
Mutter — was alles auf ihren Schultern ruhte!
Der Vater vom Reißen geplagt und er selbst
fern von daheim beim Kommiß, wo er sich
abrackern mußte ohne Nutz und Frommen
für irgend einen und irgend was. Und wie=
der schlug er mit der Faust auf das Fenster=
brett. Und dann wühlte er die dicken Finger
in die borstigen, strohgelben Haare hinein und
starrte trübsinnig auf das mütterliche Schreiben
hinab

Hinter seinem Rücken wurde ein schlecht
unterdrücktes Gelächter vernehmbar. Quaritsch
wandte sich um und bemerkte, wie just einer der
Kameraden einem andern etwas zusteckte. Er
warf einen Blick in die neben ihm stehende offene
Kiste — richtig, die Leberwurst war fort. Da
sprang er auf und schrie, dunkelrot vor Zorn,
die ganze Gesellschaft an: „Bande infamichte,
Ihr habt m'r meine Leperwurscht gestohlen."

Der lange Füchsel trat ihm keck entgegen
und rief: „Was meenste? Wer hat D'r Deine
Leperwurscht gestohlen?"

„Un ich habs doch gesähn, der Kosahl hat
se doch 'em Schulze zugestedt."

„Du bist je wohl tumm?" rief Schulze,
den auf ihn Einstürzenden abwehrend. „Was
geht 'enn mich Deine Lepermurscht an? Was
weiß'n iche, wem seine Lepermurscht das is?
Der Kosahl hat se mer gegäben und sprach vor
mich, ob ich m'r nich auch e' Stide abschneiden
wollte."

„Diebsbande seit'er alle mitenander," schrie
Quaritsch, indem er sich nun auf den Kosahl
warf. Er hieb auf den Mann ein und hörte
nicht mehr darauf, daß auch er seine Unschuld
behauptete und die Wurst, von der nur noch
ein kleiner Zipfel übrig war, von einem anderen
empfangen haben wollte.

Es entstand eine allgemeine Prügelei. Quaritsch
teilte nach allen Seiten hin wuchtige Faustschläge
aus; aber die Übermacht war zu groß. Während
er den einen Gegner vor sich zerbläute, schlugen
drei andere auf seinen Rücken los und schließlich
trat ihm gar einer in die Kniekehlen, sodaß er
mit einem dumpfen Krach zu Boden stürzte.
Johlendes Gelächter begleitete seinen Fall und

zwei Kerle stemmten sich so auf seine Schultern, daß er sich nicht wieder aufrichten konnte.

Füchsel hatte sich an dem Gefecht nicht beteiligt, sondern die Gelegenheit benutzt, um einen Blick in Quaritschs Brief zu werfen. Und wie er ihn nun am Boden liegen sah, wandte er sich mit dem Brief in der Hand um, setzte sich lachend auf die Tischkante und schrie in das Getümmel hinein: „Seid emal stille, Ihr da, ich wer' Euch emal läsen, was Quaritschen seine Ahle schreibt: Mit Deine Schwester haben mir viel Ärger, weil sie sich von Demmes Emil hat lassen. . . . ."

Aber weiter kam er nicht; denn Quaritsch schüttelte in diesem Augenblick die haltenden Hände von sich ab, sprang auf die Füße, ergriff noch im Aufrichten den nächsten Schemel und schleuderte ihn auf den Frechen.

Füchsel war rechtzeitig zur Seite gesprungen sodaß nur ein Schemelbein im Vorbeifliegen seine Stirne streifte und ihm eine empfindliche Beule eintrug. Der Schemel selbst flog mit einem gewaltigen Krach gegen die Wand und barst mitten aus einander, ohne weiteren Schaden anzurichten.

Einen Augenblick standen sie alle sprachlos, auch Quaritsch, der es nicht so rasch begreifen konnte, woher es kam, daß der verhaßte Spötter nicht vor ihm mit zerschlagenem Schädel zusammenbrach.

„Hund verfluchter, Du willst mir ans Läben!" schrie Füchsel außer sich vor Wut. „Na, paß uff!" Und damit ergriff er einen Tornisterriemen, der ihm gerade zur Hand lag, holte mächtig aus und schlug mit aller Kraft seinem immer noch verdutzt vor ihm stehenden Gegner damit über den Rücken.

Quaritsch winselte laut auf vor Schmerz. Der breite messingne Haken hatte ihn dicht am Rückgrat empfindlich getroffen. Da fielen auch schon die anderen über ihn her mit den Fäusten oder mit den Waffen, die sie zunächst erfassen konnten, Klopfpeitschen, Koppelriemen und dergleichen. Quaritsch mußte jede Verteidigung aufgeben. Die Schmerzen waren zu fürchterliche. Er verschränkte die Arme zum Schutze vor seinem Gesicht und rannte mit vorgebeugtem Kopfe, den Knäuel seiner Peiniger spaltend, nach der Thür. Ein Unteroffizier trat just herein, um sich nach

der Ursache des wüsten Lärms umzuthun. Den
rannte er fast über den Haufen, kriegte noch
einen Faustschlag ins Genick von ihm auf den
Weg und taumelte an ihm vorbei, in den Gang
hinaus.

Die Wohnung des Feldwebels befand sich
auf demselben Stockwerk. Wie ein Betrunkener
zwischen beiden Wänden des Ganges hin= und
herschwankend, schleppte sich Quaritsch bis dahin
und klopfte an. Auf das laute „Herein" trat
er über die Schwelle und versuchte an der Thür
die vorschriftsmäßige stramme Haltung zu einer
Meldung anzunehmen. Aber die Kniee zitterten
ihm dermaßen, daß er sich nicht aufrecht zu
erhalten vermochte. Er griff nach den nächsten
Stuhl und ließ sich schwer darauf niederfallen.

„Kerl, Du bist wohl besoffen!" schnauzte
ihn der Gewaltige an, indem er seine harten,
wasserhellen Augen drohend auf ihn richtete.

Und Quaritsch keuchte mühsam hervor: „Herr
Feldwebel — ich kann nicht mehr stehn — ich
wollte melden — die schlagen mich balde dot."

Der Herr Feldwebel war sehr ungehalten
und brummte ein paar Kernflüche vor sich hin.

Es war gerade die Zeit, um welche er seine
Mittagsruhe zu halten liebte. Er hatte sich es
bereits in Morgenschuhen und Drillichjacke be=
quem gemacht. Wie er ging und stand schritt
er nach dem betreffenden Mannschaftszimmer
den Gang hinunter, von Quaritsch gefolgt, der
ihm unterwegs den Vorgang zu erzählen ver=
suchte. Aber er vermochte nicht zusammen=
hängend zu reden, der Kopf brummte ihm von
den empfangenen Schlägen — die entwendete
Wurst, das Unglück seiner Schwester Amalie,
der Tornisterriemen und der zerbrochene Schemel
— das ging alles wirr durcheinander; ein
Schwall halbgelallter, halbgeschluchzter Worte
aus dem der Feldwebel nicht klug werden konnte,
sodaß er ihn ungeduldig das Maul halten hieß.

Er betrat das Zimmer Nr. 57 und stellte
sofort ein kleines Verhör an. Der Stubenälteste,
ein ganz gewandter und intelligenter Bursche
beschrieb den Vorgang wahrheitsgemäß, nur
daß er die Entwendung der Wurst und die
Verletzung des Briefgeheimnisses als eine harm=
lose Neckerei und ihre derbe Züchtigung als
einen Akt der Notwehr gegen den lebensgefähr=

lichen Wutausbruch des Quaritsch hinzustellen
suchte. Der geborstene Schemel, der abgebröckelte
Kalk der Wand und die Beule auf Füchsels
Stirn legten beredtes Zeugnis wider den Un-
glücklichen ab, der sich zudem in seiner gegen-
wärtigen Geistesverfassung durchaus nicht zu
verteidigen wußte.

Der Feldwebel unterbrach rauh Quaritschens mühseliges Gestammel, dem immer die
Thränen über die Backen liefen, und fuhr ihn
an: „Ach was, halt'n Rand altes Waschweib!
Wenn Du nich so'n schlapper Kerl wärst, würden
die andern 's jar nich riskiren so mit Dir
Schindluder zu treiben. Da bist Du nur selber
dran schuld. Ein ordentlicher Kerl muß auch mal
'n Spaß verstehn. Euch andern kann ich nur
im Juten raten — laßt mir den Quaritsch un-
jeschoren. Wenn der wejen einen schlechten
Spaß gleich das königliche Eijentum zerstört,
so ist das mir zu melden und dann wird er
entsprechend bestraft. Außerdem: wenn Ihr einen
verhauen wollt, so bitte ich mir aus, daß das
nur mit die Fäuste und nich mit königliche Mon-
tirungsstücke und andere Jejenstände jeschieht,

sonst sollt Ihr mir etlich kennen lernen, Ihr
Schwemelbande, Ihr verfluchtije! Den Schemel
bezahlt Ihr zur Strafe alle mitsamm — und
daß mir am Sonntag keiner mit Urlaub kommt.
Da jibts nischt, verstanden?" Er ließ noch mit
hochgezogenen Augenbrauen einen strengen Blick
rundum schweifen, dann stampfte er hinaus und
schlug die Thür hinter sich krachend zu.

Der Feldwebel war kaum hinaus, als die
Leute schon lachend die Köpfe zusammen steckten.
Sie freuten sich so wohlfeil davon gekommen
zu sein und aus der angedrohten Urlaubsent=
ziehung für den Sonntag machten sie sich nicht
viel. Das war nicht so wörtlich zu nehmen
— der Gestrenge hatte diesen Trumpf auch
schon zu häufig ausgespielt. Bange wurde
ihnen erst als sie bemerkten, daß dem Quaritsch
das Blut durch Hemd und Drillichjacke hindurch
den Rücken herunter zu riefeln begann. Sie
wollten ihn durch Bitten und Versprechung einer
neuen, weit größeren Leberwurst bewegen, sich
nicht ärztlich untersuchen zu lassen, sondern sich
nur revierkrank zu melden. Wenn er ins La=
zaret kam, konnte es nicht ausbleiben, daß der

Hauptmann die Geschichte erfuhr und dann mußte der sie streng bestrafen.

Quaritsch war aber doch nicht dumm genug, um sich durch ihre Vorspiegelungen übertölpeln zu lassen. Sie hatten ihn selbst erst auf den Gedanken gebracht, sich krank zu melden und nun ersah er seinen Vorteil ganz wohl und gedachte sich dessen zu bedienen. Er verfügte sich sofort nach dem nahen Lazaret, und die blutige Drillichjacke, sein schwankender Gang, sein verstörtes Aussehen hätten ihm auch bei der größten Widerwilligkeit der ärztlichen Unter= beamten sofortige Aufnahme verschaffen müssen.

Die schlimmen Kameraden, die ihm so übel mitgespielt hatten, kamen aber trotzdem unge= straft davon, denn der Herr Oberstabsarzt hatte zufällig an jenem Abend beim Biere dem Hauptmann, dessen guter Freund und Skat= bruder er war, die erste Mitteilung von den bösen Verletzungen seines Füsiliers Quaritsch gemacht. Und da der Hauptmann kein gutes Gewissen bei der Sache hatte, indem er ja selbst die Compagnie zu handgreiflichen Maß= regeln gegen ihren ungeschickten und faulen

Kameraden aufgereizt, so ersuchte er den Ober=
stabsarzt freundschaftlichst, dieser Angelegenheit
wegen keinen Lärm zu schlagen. Der Herr
Hauptmann wußte also offiziell von nichts.
Der Herr Feldwebel hielt es auch für geratener
von nichts zu wissen, da er nicht wünschte
wegen jenes „krummen Hundes" stramme Kerle
in Ungelegenheiten zu bringen und so erledigte
sich für Stube 57 der bedenkliche Fall einfach
dadurch, daß auf gemeinsame Kosten ein neues
Sitzteil für den zerschmetterten Schemel herge=
stellt und das „K. U." (Königliches Utensil)
darauf eingebrannt wurde.

Am nächsten Sonntag — der Vorfall war
an einem Donnerstag passirt — erhielten auch
richtig alle Insassen jener Stube den erbetenen
Urlaub bewilligt. Der Herr Feldwebel schien
seine Drohung ganz vergessen zu haben.

— — — — — — — —

Sonntag Mittag wurde auch Quaritsch aus
dem Lazaret entlassen und zwar zunächst als
revierkrank. Die Wunden waren zwar geheilt,
aber der ganze Rücken noch so empfindlich, daß
er den Druck des Tornisters darauf noch nicht

aushalten konnte. So gut wie in diesen drei
Tagen im Lazaret hatte er es bisher in seinem
ersten Dienstjahr noch nicht gehabt und er kehrte
in die Kasernenstube zurück wie aus der Freiheit ins Gefängnis. Die bösen Kameraden
ließen ihn zufrieden und Füchsel bequemte sich
sogar zu einer Entschuldigung wegen des
plumpen Scherzes mit dem Brief. Die waren
alle froh, daß die gefährliche Angelegenheit
wie es schien nicht dem Hauptmann zu Ohren
gekommen war und darum wollten sie den
Vielgeplagten vorderhand ein wenig vorsichtiger
behandeln. Wenn er doch einmal den Be-
schwerdeweg betreten sollte und eines zum
andern gerechnet würde, konnte ja der Handel
doch noch übel für sie ablaufen. — — — —
Es war ein wunderschöner Sommertag.
Nach dem Essen putzte sich männiglich heraus
so gut er es imstande war und beeilte sich
die Kaserne zu verlassen, um den Schatz zum
Spaziergang abzuholen oder mit Kameraden
in den Gartenwirtschaften der Garnisonsstadt
und der umliegenden Dörfer Unterhaltung zu
suchen. Lachen, Pfeifen und Singen überall

und krachende Thüren, rasch davon stampfende
Schritte auf den weiten hallenden Korridoren
und Treppen. Gegen zwei Uhr Nachmittags
war es bereits ganz still geworden in der
Kaserne.

Quaritsch war allein zurückgeblieben auf
Nr. 57. Er saß auf dem Fensterbrett und
schaute träumend hinaus in die blendende Helle,
in die zitternde Wärme, die über den reichen
Fruchtgefilden kräftig reifend brütete. Die Ka=
serne lag vor der Stadt und keine anderen hohen
Gebäude beschränkten die weite Umschau in das
gesegnete Ackerland. Obstgärten und wohlbestellte
Felder, die kleinen Hütten der ländlichen Vor=
stadt dazwischen, ein paar Dörfer weiterhin
im Grün halb versteckt und als Abschluß die
dunkel bewaldete Hügelkette. Und dann der tiefe
sonntägliche Friede! Die Fenster standen alle
auf und der einsame Träumer konnte den
Kanarienvogel in der Unteroffizierswohnung
des ersten Stockwerks seine fröhlichen Triller
schmettern hören. Die Mannschaften der Ka=
sernenwache saßen auf einer Holzbank neben
dem Thor, rauchten ihre Pfeife und unterhielten

sich schläfrig. Abgerissene Worte ihres Gesprächs
drangen hin und wieder sogar hinauf bis in
die Höhe des zweiten Stockwerks.

Ach, wer jetzt daheim sein könnte, auch so
mit der Pfeife im Munde vor der eigenen
Hausthür sitzen und sich die Sonne warm auf
die Sonntagsmütze scheinen lassen! Oder ver=
gnüglich durch die Felder einher wandeln, die
hohen Aehren durch die Hand gleiten lassen und
sich freuen auf den nahen Erntesegen, oder gar
Hand in Hand mit dem liebsten Schatz in der
Dämmerung, wenn die ersten Sterne aufzogen,
dummes Zeug schwatzen und sich anlachen und
ihr was ins Ohr sagen, daß sie rot wurde
und einen in die Seite stieß — und gar in
dunkeln Winkeln sich küssen und drücken! So
gut war es dem armen Quaritsch bisher freilich
nicht geworden. Er ließ keine Liebste daheim
zurück und hatte auch noch mit keiner Stadt=
mamsell angebandelt seit er Soldat war. Er
mochte sie auch gar nicht, sie waren ihm viel
zu fix und glatt, zu schnippisch und zu hoch
hinaus. Er wußte ja auch selbst, daß er in
der Uniform keine besonders glückliche Figur

spielte. Zuhause da war er den Mädchen
schon recht und er hatte sich mit der und jener
wohl schon einmal einen Spaß erlaubt. Da
mußten sie alle wer Quaritschens Gottlieb war
und daß sein Vater die letzten Jahre hindurch
sogar imstande gewesen sei, sich zu seinen zwei
Acker Korn= und Rübenland auch noch einen
Morgen vom Pfarrlande hinzu zu pachten. Drei
Haupt Rindvieh hatten sie im Stalle stehen
und wenn der Himmel noch ein paar gute
Ernten bescherte, dann konnten Quaritschens
in etlichen Jahren leicht dazu kommen in die
nächst höhere Kaste des Bauernstandes aufzu=
rücken, welche mit dem fünften Stück Rindvieh
ihren Anfang nahm. Und nun kam die Ernte=
zeit bald heran und er konnte nicht dabei sein
bei der harten und doch fröhlichen Arbeit und
dem geplagten Vater nicht beistehen, mußte statt
dessen auf dem Kasernenhof Parademarsch üben,
Tornister und Schießgewehr um nichts und
wieder nichts, um fünf Platzpatronen gegen
einen markierten Feind zu verknallen, stunden=
lang in Hitze oder Regen herum schleppen, sich
verhöhnen und beschimpfen, schinden und plagen

lassen von den Vorgesetzten und Kameraden, denen er nichts anderes zu Leide that, als daß er die Kniee nicht strecken konnte wie sie. Und fast zweiundeinhalbes Jahr sollte dies Leben, schlimmer als ein Hundedasein, noch andauern! Denn daß er nach zwei Jahren zur Disposition entlassen würde, das war bei der geringen Gunst, deren er sich beim Hauptmann erfreute, keinesfalls zu erwarten. Ja, er durfte nicht einmal hoffen einmal zum Offiziersburschen ausersehen zu werden, denn vom Feldwebel bis zum letzten dienstthuenden Gefreiten waren sie alle darüber einig, daß keinem das Exercieren mehr not thue als ihm. Und dazu diese schreck= liche Einsamkeit, keinen Verwandten, keinen Freund, keine teilnehmende Seele zu besitzen! Der einzige Bursche aus seinem Dorfe, der im selben Regimente diente, stand bei einer anderen Compagnie, welche in der alten Kaserne in der Stadt lag. Den sah er also auch nur selten — und außerdem war es ein jüngerer Bruder eben jenes Emil Demme, der jetzt seiner Schwester die Schande angethan hatte. Ganz einsam und verlassen stand er da. Eine schmerzhafte Sehn=

sucht überschlich den armen plumpen Kerl, bohrte sich ein in sein Herz und fraß sich von dort aus weiter in alle Adern hinein, wie mit langsam vordringenden spitzen und stechenden Flammenzünglein. Sehnsucht nach Menschen — oder auch nach Tieren! Einmal seinen alten Hofhund streicheln dürfen, oder den Kühen Heu auf die Raufe stecken und die Schlempe im Trog zurecht mischen — das wäre ihm ein Labsal gewesen, das hätte er als ein rechtes Sonntagsvergnügen dankbar angenommen.

Er ließ sich vom Fenster herunter gleiten und holte aus seinem Schrank das Tintenfläschchen mit dem Papierpfropfen darauf, Feder und Papier hervor. Damit setzte er sich an den Tisch und machte sich daran einen Brief an die Mutter zu schreiben. Das war ungewohnte und schwere Arbeit. Das Herz war ihm so voll von bitteren Klagen, daß ihm die Augen übergingen, aber auszudrücken wußte er sich nicht und mit der Rechtschreibung stand er auf keinem vertrauteren Fuße als seine gute Mutter. Den dünnen Federhalter hielt er ungeschickt mit den dicken Fingern gepackt wie ein Stemmeisen etwa

unb mit schwerem Druck grub er seine dicken
Buchstaben in das Papier ein. Nach jedem
zweiten, dritten Wort hielt er stöhnend inne
unb fuhr sich mit dem Handrücken über die
feuchten Augen. Was er nach dreiviertelstündiger
harter Müh enblich zustande brachte, das lautete
also:

„Lipe Mutter!

Filen tank fir die Giste die Leperwurscht
hapen mir die Schweinebelze gefräsen unt tann
hapen si mich mit Thornüsteriem verhaun das
ich bin Gans bluth ibern ganßen Riken gewäsen
unt hap Dir muft ins Latscreb gehn wo ich
Heibe witer raus bin aber nog rehvier. Unse
Mahle ist toch ein tummes mensch unt sol Demmes Emil schene von mir kriesen unt Er sol
sich in 8 nähmen wenn ich heem komm ich mögte
liper bei Eich ein Ocse sein wie in Gamiß der
Vaber sol sich tog von der gnätgen Frau in
Schlosse Amcisensbirbus geben lasen firs Reisen
schickt mir doch recht balde witer was sonst kan
ich baß schlechte Lepen nicht lenger austehn womit ich gelipte Älbern verbleipe Eier liper sohn
Gottlieb Quaritsch."

Er wischte sich den Schweiß von der Stirn,
als er das Schriftstück glücklich zu Ende ge=
bracht hatte und dann strich er mit der Hand
etwas Sand von der Stubendiele zusammen und
schippte ihn auf den Briefbogen zum ablöschen.
Als er auch die Adresse ohne größeren Unfall
zustande gebracht und den Umschlag zugeleckt
hatte, beschloß er den Brief gleich selbst in den
Kasten zu stecken. Als Revierkranker durfte er
allerdings eigentlich nicht ausgehen; aber, Du
lieber Gott — die paar Schritte! Er machte
sich eifrig daran seine beßre Garnitur sowie
Koppelschloß und Seitengewehr möglichst gut zu
putzen, kleidete sich an, setzte seine Extramütze auf
und verließ die Kaserne durch die Hinterthür.

Bis zu dem Briefkasten, der sich an einem
der ersten Häuser der Vorstadt befand, begegnete
ihm kein Vorgesetzter. Sollte er wirklich nun gleich
wieder umkehren, den ganzen schönen Nachmittag
über auf der Stube sitzen und sich mit Gewehr=
putzen, Drillichhosen=flicken und anderen nützlichen
Verrichtungen die Zeit vertreiben? Er wollte doch
wenigstens noch ein bißchen spazieren gehen und
sein Kennerauge an dem Stande der Feldfrucht

erfreuen. Paſſieren konnte ihm ſo leicht nichts,
wenn er auch erſt nach ein ober zwei Stunden
zurückkehrte. Den Herrn Feldwebel hatte er
ſelbſt mit Weib und Kind abziehen ſehen und der
Unteroffizier du jour war zufällig der gutmütigſte
von allen, der nicht gern einen armen Teufel
hineinlegte, wenn er es irgend vermeiden konnte.
Wenn er nur nicht gerade einem der Unteroffiziere von ſeiner Compagnie draußen in die
Arme lief, dann war ſchon alles gut. Und er
gab der Verſuchung nach und ſchlich ſich durch
ein Seitengäßchen und dann auf einem wenig
betretenen Fußwege hinter den Obſtgärten ins
freie Feld hinaus.

So einfach in voller Freiheit Bein vor Bein
ſetzen ohne die Kniee dabei durchdrücken und
den Kopf ſteif aus der Binde recken zu müſſen,
die Hand durch die Ähren ſtreifen laſſen und
dann einmal eine halb bewußtlos auszuraufen
und die Körner zu zählen, die Lerchen hoch über
ſich im reinen Himmelsblau trillern zu hören,
nicht wiſſen wohin es geht, ohne Zweck im
goldnen Lichte wandeln und die warme Luft
einatmen — das war ſchön! Das Nichtempfinden

aller seiner täglichen Leiden und stündlichen
Schrecken dünkte ihn schon ein herrlicher Genuß.
Und weiter immer weiter, über eine Stunde
lang, schlenderte er so auf einsamen Feldwegen
dahin ohne einer Menschenseele zu begegnen.

Der Feldweg mündete jetzt in die Land=
straße. Er zögerte ein Weilchen und dachte
daran umzukehren, aber er verspürte großen
Durst und bis zum nächsten Dorfe waren es
nur noch zehn Minuten Wegs. Die Versuchung
auf ein halbes Stündchen einzukehren, war groß,
aber er mußte auch, daß von den Leuten aus
seiner Corporalschaft sicher keiner hier zu treffen
sein würde, denn er hatte ja ihre Beratung
über ihre Vergnügungspläne mit angehört.
Die bei den Soldaten beliebten Ausflugsziele
lagen überhaupt nicht in dieser Richtung, son=
dern vielmehr auf der anderen Seite der Stadt,
da wo sich der Wald mit den hübschen Pro=
menadenwegen befand. Er spähte die Straße
hinauf und hinunter und vermochte keine Uni=
form zu entdecken. Also frisch gewagt! Die
Chaussee war mit alten Kirschbäumen eingefaßt.
Die frühen Sorten waren bereits reif. Er kam

an der Holzhütte des Obsters vorbei. Der saß
mit Weib und Kind und ein paar Bekannten
um den roh zusammengezimmerten Tisch herum
und ließ sich den Kaffee und den Kuchen
schmecken. Quaritsch verspürte nicht übel Lust,
sich von den prächtigen Herzkirschen die in hoch-
gehäuften Körben vor der Hütte standen, ein
Nösel voll zu kaufen. Er blieb stehen und
überlegte. Aber dann dünkte es ihm doch weiser
seine paar Groschen in Bier anzulegen. Er
wechselte ein paar Worte über die Güte der
Frucht und die Geschäftsaussichten mit den
Obstern, tätschelte dessen grimmig dreinblickendem
großen Hund den Rücken und schritt dann rascher
fürbaß. Er hatte zur Sicherheit auch gefragt,
ob keine Soldaten hier vorbei gekommen seien
und die verneinende Antwort hatte ihm Mut
gemacht zu seinem Wagestück.

Er war nur noch etwa hundert Schritt von
dem Eingang des Dorfes entfernt, als ihn ein
Bauerwagen überholte und sein Schreck war
nicht gering, als er hinten auf in dem Raume
der zum Transport von Kälbern und sonstigem
Kleinvieh bestimmt war, drei Soldaten auf dem

Stroh liegen sah. Er wandte sich rasch ab und schaute angelegentlich nach den Kirschen im nächsten Wipfel hinauf, damit sie sein Gesicht nicht sehen sollten.

„J Dunnerlittchen, is en das nich Quaritschens Gottlieb?" rief da plötzlich eine Stimme, die ihm bekannt vorkam. Er stellte sich als habe er nichts gehört, machte Kehrt und begann rasch in der Richtung auf die Stadt zuzugehen.

Aber die Soldaten hießen den Bauern anhalten und der Mann, welcher Quaritsch angerufen hatte, sprang vom Wagen herunter und lief ihm nach.

„Himmelbataillon, is en der Kerl daub?" schrie er dem Davoneilenden im Tone eines erbosten Unteroffiziers nach.

Da half nun nichts mehr. Er mußte Stand halten, denn beim Wettlauf hätte er doch den Kürzeren gezogen. Er wandte sich um und sah sich dem Fritz Demme aus seinem Dorfe gegenüber.

Der streckte ihm lachend die Hand entgegen und rief: „J gucke da, Landsmann, Du werscht

doch nich vor uns ausreißen? Was 'enn
— ich dächte gar. Wo willst 'n hin?"

„I will heeme. Ich ha' kein Urlaub."

„Ach was, bist wohl nicht recht gscheidt? Da
brauchste doch jetzt noch nich heeme. Gomm
ok mit. Wir machen uff Groß=Bösläben zun
Danze. Du gannst schon noch mit uffhuppe."

Und Quaritsch ließ sich überreden, kehrte
mit um nnd kletterte zu den drei anderen, die
sämtlich von der zweiten Compagnie waren,
auf die Kälberfuhre hinauf. Die Fahrgelegen=
heit war nicht gerade die bequemste, aber der
junge Ackergaul griff munter aus und so langten
sie schon nach einer halben Stunde in Groß=
Bösleben an. Bei dem Gestoß und Gerassel
unterwegs hatten sie sich nicht viel unterhalten
können, aber jetzt beim Glase Bier in der
Schenke, da wurde es gemütlich. Die beiden
andern Leute waren auch aus derselben Gegend
und da gabs denn genug Beziehungen, gemein=
same Bekannte, interessanten Dorfklatsch und
mancherlei Anspielungen, die man verständnis=
innig belachen konnte.

Quaritsch war selig. So gut war es ihm

lange nicht geworden. Endlich einmal wieder
mit seinesgleichen reden zu dürfen ohne ver-
jöhnt und verspottet zu werden, sich wieder
einmal Mensch und Mann fühlen zu dürfen!
Und daß gerade der Fritz Demme es gewesen, der ihn zu dieser Partie eingeladen,
daß er so freundlich mit ihm that, er, dessen
Vater doch zwölf Kühe und zwei Ochsen im
Stall stehen hatte. Freilich war der Fritz bloß
der jüngere Sohn und den Hof sollte der Emil
erben, aber Quaritschens Gottlieb empfand es
doch als eine ganz besonders freundliche Herab-
lassung, daß er sich so kordial mit ihm einließ.
Und als er gar mit einem übermütigen „Prost
Schwager, Du sollst leben!" mit ihm anstieß,
da fühlte er sich eher geschmeichelt als gekränkt
durch solche Anrede.

Er grinste vergnüglich und dann flüsterte
er dem Fritz ins Ohr: „Du, was meenst'n
Fritze, ob er das Mächen wird heiratn?"

„Nu, weeßte," gab der andere ebenso
grinsend zurück, „da driber weeß ich D'r nu
nischt genaues. Mir schrieb e' blos, 's wär
dein Heu machen bassirt. Na weeßte wie das

so is: im Dunkeln is gut munkeln. Aber mer gann nich wissen wies gemmt. Der Vater will nabierlich nischt davon wisse, aber b'r Emil is doch e obsternabsches Luder."

„Heere Du, das glaub ich D'r nich" versetzte Quaritsch bedenklich. „Meine Ahle meente, er wulle nich, un das Mächen wärde wohl sitze bleiben mit was Kleenen uff'm Halse. Heere Du, wenn ich heeme gomm, nachen schlag ich'n be Knochen in Leibe zusammen, wenn das wahr is."

„Ije, Du werscht doch nicht," lachte der andere gleichmütig auf. „Dhu Dich ok nich dicke; Du meeßt doch selber wie be das zugeht mit 'en Mächen. Mer kann doch nich jede heirate, mit der m'r amal sein Spaß gehat hat. Du werschts auch nich annersch mache."

„Iche?!" Quaritsch machte ein ganz verbutztes Gesicht dabei. „Ich ha' ieberhaupt noch nischt vorjehatt mit die Mätchen."

„Na, da biste schcene tumm," erklärte Fritz Demme überzeugungsvoll und berichtete den beiden Kameraden den merkwürdigen Fall.

Da gings denn freilich ohne derben Spott
nicht ab und Quaritsch mußte wieder einmal
erfahren, daß er eben nicht aus dem Holze ge=
schnitzt sei, aus dem die forschen Soldaten ge=
macht werden. Er wurde still und verlegte
sich mehr aufs Trinken. Demmes Fritz be=
zahlte ja für ihn.

Nach einer Weile brachen die vier Leute zu
einem Gange durch die Dorfgassen auf. Alles
saß vor den Thüren bei dem schönen Wetter,
und auf der Brücke über dem Bach, der dicht
am Dorfe vorbei zwischen den Obstgärten durch=
floß, standen die Dorfschönen mit ihren Burschen
schäkernd beisammen. Die drei Leute von der
zweiten Compagnie faßten sich unter und stimmten
ein Lied an, nach dessen Takt sie im festen
Tritt über die Brücke marschierten, um die Auf=
merksamkeit der Mädchen auf sich zu lenken.
Quaritsch zottelte nur leise mitbrummend hinter=
her mit Anstrengung an seiner schlechten Cigarre
saugend. Die Mädchen kicherten und die
Burschen ärgerten sich über das Militär, das
sicherlich in der Absicht herausgekommen war,
um ihnen heute beim Tanze in die Quere zu

kommen. Und sie riefen ihnen Spöttereien
nach.

Demme winkte Quaritsch zu sich heran, faßte
ihn unter den Arm und gab ihm den freund=
schaftlichen Rat, sich immer vorsichtig in der
Nähe der Kameraden zu halten, besonders
nachher beim Tanz. Alle vier vereint, würden
sie sich schon den nötigen Respekt zu erhalten
wissen, aber wenn die Bauernlümmel einen
einzeln erwischten, dann könnte es leicht schlimm
ablaufen. Quaritsch war dem Landsmann
dankbar für den guten Rat, ließ sich willig
von ihm mitschleifen und stimmte auch in den
Gesang mit ein, so gut er vermochte.

Um die Kirche herum standen in zwei
Reihen prächtige alte Kastanienbäume, unter
denen sich die Kinder tummelten. Und der
Kirche gegenüber streckte die Dorfschenke ihr
lockendes Wappen, das Pentagramm mit Stern
und Schnapsglas darin, heraus. Um fünf
Uhr begann die Tanzmusik, ausgeführt von einer
quietschenden Klarinette, einer Geige, einem
Tenorhorn und einem Contrabaß. Es war
eine scheußliche Musik, aber den Ansprüchen der

tanzlustigen Dorfjugend genügte sie vollkommen. Die kleinen Fenster des niedrigen Saales im Oberstock der Schenke waren weit geöffnet und das Quieken, Plärren und Schnurren des Ball= orchesters war weithin zu hören. Die Mädchen strömten herbei, in kleinen Trupps untergefaßt; standen kichernd und sich anstoßend bei der Thür herum oder nahmen auf den Bänken an den Wänden Platz. Die Herrenwelt stellte sich langsamer ein. Mit den Bierseideln in der Hand standen die Burschen in dem engen Nebenzimmer und spähten, die Hälse langreckend, in das Tanzlokal hinein, um den Damenflor zu mustern und ihre Wahl zu treffen.

Die drei Leute von der zweiten Compagnie waren unter den ersten, die sich im langsamen Walzer zu drehen begannen. Quaritsch hatte sich in eine Ecke gedrückt und sah zu. Er mußte wohl, daß seine Tanzkunst kaum auf der Höhe seines Parademarsches stand. Warum sollte er sich auslachen lassen? Später vielleicht, wenn es voller wurde, wollte er auch eine Polka riskieren, aber lange gedachte er so wie so nicht mehr zu bleiben; mit Einbruch der

Dunkelheit wollte er wieder in der Kaserne
sein. Er sah sich unter den Mädchen um.
Stramme, rotbäckige Frauenzimmer waren darunter. Er hätte schon Lust gehabt zu dieser
oder jener, aber er wußte nicht recht wie er
es anstellen sollte und er hatte sein Lebtag
vor den Frauenzimmern etwas Angst gehabt,
vornehmlich am Sonntag, wenn sie fein angezogen waren.

Da war eine rothaarige mit weißer Haut
und vielen Sommersprossen, die dünkte ihm
was ganz besonders vornehmes, mit der durfte
er es wohl nicht wagen. Und dann war da
eine lange dürre mit Schwanenhals und einer
spitzen Nase, die mochte er nicht. Und weiter
eine kleine braune, kugelrunde mit so lustigen
Augen, die immerzu lachte und dabei ihre
weißen Zähne zeigte, aber um die drängten sich
schon viele herum. Und überhaupt, was gingen
sie ihn an, was sollte er mit ihnen reden?
Es hatte ja doch wohl schon jede ihren Schatz
Und er steckte sich eine neue Cigarre an, trank
sein Bier und gab sich zufrieden.

Er beobachtete aufmerksam, wie die Burschen

und besonders seine Kameraden sich den Mädchen
gegenüber benahmen, denn er gedachte durch
das Beispiel zu lernen. Die Geschichte sah ja
am Ende gar nicht so gefährlich aus. Man
ging einfach auf eine zu, die einem gerade in
die Augen stach, patschte sie auf die Schulter
und sagte: „Na was meenste, woll'n mir'en
emal?" Oder wenn man ganz fein sein wollte
wie Demmes Fritze, so machte man einen Kratz=
fuß und sagte: „Freilein, därf ich 'en Sie vielleicht
um eene Dour bitten?" Demmes Fritze hatte
nun freilich gar die Bürgerschule in der Kreis=
stadt besucht und solche Extrafeinheiten waren
ja durchaus nicht notwendig um bei den Damen
Erfolg zu haben. Demmes Fritze war ja
überhaupt eine Ausnahme, denn der konnte so=
gar links herum walzen. Nachher hatte man
nur nötig das Weibsbild recht fest umzufassen,
die linke Hand anständiger Weise auf das
Taschentuch zu legen, welches die Mädchen zum
Schutze zartfarbiger Sonntagsröcke auf der
rechten Hüfte zu befestigen pflegten und dann
nach bestem Wissen und besten Kräften sich im
Takt zu drehen bis man genug hatte. Wußte

man dann seiner Dame noch etwas zu sagen
um so besser; fiel einem aber nichts ein, dann
stellte man sie einfach mit einem kräftigen Hände-
druck zum Abschied irgendwo in die Ecke und be-
gab sich schleunigst wieder in das Vorzimmer
hinaus, wo die Burschen rauchend, trinkend und
lärmend bei einander hockten. In den Tanzpausen
konnte man sich leicht einen besonderen Dank
dadurch verdienen, daß man seine letzte Tänzerin
einmal aus seinem Glase trinken ließ.

Er hatte wohl schon gut eine halbe Stunde
so den schweigenden Beobachter gespielt, als ihm
ein Frauenzimmer aufzufallen begann, das schon
die ganze Zeit über dicht an der Thür herum-
gestanden war, ohne daß es bis jetzt einen
Tänzer gefunden hätte. Alle hatten sie an dem
Mädel vorbei gemußt, viele hatten es angeguckt
und nicht ein einziger es aufgefordert. War es
ihnen nicht fein genug angezogen oder war sonst
etwas nicht recht geheuer? Quaritsch bat einen
jungen Burschen, der sich just zum ausruhen
ganz in seiner Nähe auf die Bank gesetzt hatte,
um Auskunft.

„Wer be die is?" grinste der junge Mensch.

„Nu, das is doch be Schweine=Carline von Jute."

„Warum danzt 'enn aber niemand mit 'r?"

„J, wer wärd'enn mit der banzen! Da mißt m'r sich laß'n auslache mit so'e garschtjen Weibsbilbe wie de die is."

Quaritsch wandte sich der Thür zu und be= trachtete sich das Mädchen genauer. Es stand nur ein paar Schritte von ihm entfernt, immer noch unbeweglich auf demselben Platz am Thür= pfosten, den es von Anfang an eingenommen hatte. Jedesmal wenn ein Mann über die Schwelle in den Tanzsaal hineintrat, blickte sie ihn scheu in ängstlicher Erwartung von der Seite an, ob er sich nicht vielleicht ihrer erbarmen wollte. Und wenn der dann auf eine andere zuschritt, dann legte sich ihre niedrige Stirn in Falten und um die Mundwinkel zuckte die herbe Enttäuschung. Es war ihr deutlich anzusehen, daß sie sich alle Mühe gab, um nicht laut los= zuheulen. Quaritsch sah nicht ein, warum ge= rade die für so besonders garstig gehalten wurde. Freilich schön wie so ein Wachskopf beim Fri= seur war sie nicht, aber doch groß und dick —

und das blieb doch am Ende für ein ordent=
liches Frauenzimmer die Hauptsache und wo
alles dick und rund war, da gehörten doch wohl
eine dicke Nase und volle kräftige Lippen auch
dazu. Hübsch rot und gesund sah sie auch
aus — was wollte man mehr!

Die Schweine=Karline schien seinen lange
auf ihr ruhenden Blick zu fühlen. Ihr gut=
mütiges breites Gesicht hellte sich auf, sie be=
gann dumm=verschämt zu lächeln — und dann
wandte sie sich ihm plötzlich zu, riß ihre kleinen
Äuglein, die allerdings mit denen ihrer Pfleg=
linge viel Ähnlichkeit hatten, weit auf und guckte
ihren militärischen Bewunderer zaghaft von der
Seite an, indem sie verlegen in den Hüften hin=
und herzuwiegen und sich mit der linken Hand
über den rechten Ärmel zu streicheln begann.

Quaritsch hatte noch nie gefunden, daß
Schweinsäuglein etwas besonders Garstiges seien
und darum senkte sich ihr scheuer Blick in sein
verlassenes Herz wie der Sonnenstrahl, der nur
auf eine kurze Viertelstunde gegen Abend in
eine kalte Felsenkluft hineindringt. Er lächelte
verlegen und nickte ihr vertraulich zu und dann

erhob er fein Bierglas gegen fie, rückte auf der leeren Bank etwas näher heran und fagte in freundlich aufmunterndem Tone: „Na, willfte nich e mal drinke, Mächen?"

Sie nahm das Seibel, that einen kleinen Schluck, fuhr fich mit dem Handrücken über die Lippen und reichte es ihm mit einem leifen: „Dank ooch fcheene!" zurück.

Quaritfch betrachtete fie abermals eine ganze Weile mit fchmunzelndem Vergnügen und dann rückte er noch ein wenig näher, zupfte fie am Rock und fagte: „Mechtft'enn Dich nich e bäß= chen daherfetze? Was willft'n Dir be Beine in Leib 'reinftehn da an der Dihre!"

„'s is je ooch wahrhaftjen Gott wahr", er= widerte fie achfelzuckend, indem fie fich rafch auf die Bank fetzte und dicht zu ihm heranrückte.

Quaritfch befann fich ein Weilchen und dann begann er wieder: „Du lauerfcht wohl noch uff Dein'n Schatz, daß De gar nich danzen duhft?"

„Aach Gott, ich hae je gar geinen Schatz nich," verfetzte fie fchämig, indem fie ihn leicht mit dem Ellbogen puffte und fich dabei halb abwandte.

„Na weißte, nachen wärds aber Zeit,“
scherzte Quaritsch und lachte selber über seinen
Witz. Er begann sein Talent zum poussieren
zu entdecken und empfand eine kindliche Freude
darüber.

Karline wußte nichts zu erwiedern. Sie
fand ja auch, daß es die höchste Zeit sei —
und so stolz war sie auf ihre Eroberung!
Triumphirend sah sie sich im Kreise um. Sie
sah die Mädchen unter einander kichern und
ein paar Burschen in der Thür daher grinsen.
Mochten sie doch! Das war ihr jetzt ganz egal.

Fritz Demme fegte eben mit einem sehr
hübschen, drallen Mädel im Arm an dem Tisch
vorbei, hinter dem das Pärchen saß. Und wie
er seiner ansichtig wurde, machte er plötzlich Halt,
ließ seine Tänzerin los und lachte laut heraus:
„I gucke da, Gottlieb! Was haft'n Du Dir da
zugelegt? Alle Dunnerwetter, da gennt m'r je
neidsch wär'n. Na, willste nich e mal danzen
mit Dein' scheen'n Freilein?“

„Gimmer Du Dich doch um Deine Sachen,“
brummte Quaritsch mißmutig, denn er merkte
wohl, daß ihn der Landsmann nur aufziehen

wollte und es entging ihm auch nicht, daß die
Blicke der Umstehenden auf ihn gerichtet waren.
Er stand auf und ging hinaus, um sich ein
neues Glas Bier zu holen.

Karline schaute ihm traurig nach. Er
hatte ihr keinen Blick gegönnt. Ob ihn wirklich das schadenfrohe Grinsen der dummen
Bande und der Spott der Kameraden vertrieben
hatte? Es war gerade eine Tanzpause einge-
treten. Hand in Hand mit ihren Schätzen
zogen die Mädchen durch die Thür ab, um
unten ein wenig frische Luft zu schöpfen. Andere
standen und saßen in kleinen Gruppen herum
und schwatzten. Aus dem qualmerfüllten Nebenzimmer drang das Lachen und Schreien der er-
hitzten Mannsbilder herein. Und sie saß ganz
allein, verlassen auf der Bank — und hätte am
liebsten die Arme auf den Tisch gelegt und weinend
den Kopf dahinein gedrückt. Er kam nicht
wieder — und die Pause dauerte gar so lang.

Endlich setzte die Musik mit einer vergnügten
Polka ein. Der niedrige Saal erdröhnte aufs
neue unter dem schweren Tritt zahlreicher
Tänzer. Da endlich, als die Polka im besten

Gange war, sah sie ihren Füsilier sich durch
den Menschenknäuel an der Thüre durchbrängen.
Etwas scheu schlich er um den Tisch herum und
dann winkte er ihr zu. Hastig sprang sie auf,
schob mit einem kräftigen Stoß ihres Leibes
den Tisch ein Stück weiter fort und drängte sich
hinaus.

Er legte den Arm um ihre breite Hüfte und
flüsterte verlegen: „Scheene gann ich's nich,
aber wennst es emal probieren willst....."

„I nu mache nur!" drängte sie ungeduldig,
packte ihn fest um den Rücken und lehnte ihr
Kinn an seine rechte Schulter.

Das schöne Paar konnte nicht verfehlen
einige Aufmerksamkeit zu erregen. Ueber die
Gefühle, die ihre Herzen bewegten, mochten Gott=
lieb und Karline wohl schon so ziemlich einig
sein, nicht aber über den Polkatakt; und das
Schlimmste war, daß sie bei der Fülle, die jetzt auf
dem Tanzboden herrschte, jeden Augenblick mit
einem anderen Paare zusammen stießen. Zu=
erst lachte man nur über den Ungeschickten, dann
kam es zu vereinzelten Flüchen und Drohungen,
schließlich zu allgemeiner Entrüstung. Die Be=

troffenen nahmen dadurch Rache, daß sie ab-
sichtlich noch ihrerseits möglichst heftig mit
Quaritsch zusammen rannten und ihm wie seiner
Dame im Vorbeiwirbeln kräftige Rippenstöße
zu teil werden ließen.

Aber den Wackeren focht solch Ungemach
wenig an. Den dicken Kopf, von dessen Stirn
der Schweiß bereits herabrann, über die Schulter
seiner Tänzerin vorgestreckt, hüpfte er wie ein
lahmer Bock unermüdlich im Kreise herum und
sein gutmütiges Gesicht drückte nur ein blödes
Erstaunen darüber aus, daß die vielen Püffe
auch mit zum Vergnügen gehörten.

„Schmeißt doch den Kerl 'naus!" ertönte da
eine kräftige Stimme aus dem Knäuel der
Burschen an der Thür.

Und die drei Kameraden von der zweiten
Compagnie hielten es jetzt für höchste Zeit,
schlimmerem Unfug dadurch vorzubeugen, daß
sie den Quaritsch mit sanfter Gewalt an den
Armen in einen Winkel zogen und ihm klar zu
machen suchten, daß er um des lieben Friedens
willen seine vergeblichen Bemühungen aufgeben
müsse. Wenn die Civilisten jetzt zu Thätlich-

leiten übergingen, dann müßten sie ihm als
Kameraden natürlich beistehen, aber bei einer
allgemeinen Prügelei konnte sicherlich nichts
gutes herauskommen, weil denn doch die
Uebermacht zu groß sei, und wenn in der
Garnison etwas davon ruchbar würde, müßten
sie gar alle Viere in den Kasten spazieren.

Das leuchtete Quaritschen nun freilich ein.
Ohne Urlaub, revierbrüchig und obendrein noch
in eine Rauferei mit Civilisten verwickelt —
das hätte eine schöne Rechnung gegeben, da
konnte er sich auf vierzehn Tage strengen Arrest
gefaßt machen. Er trocknete sich mit seinem
bunten Sacktuch, auf dem die Schlacht von
Sedan abgebildet war, die Stirn und nickte
beistimmend zu allem, was die klügeren Kame=
raden sagten. Er seufzte tief auf, kratzte sich
hinterm Ohr und sagte: „'s is schon am besten
ich mache gleich heeme. Urlaub ha ich so geinen.
Atjeh Fritze. Dank D'r ok scheene, daß De
mich hast mitgenomme. Und wennste mal an
Emilen schreibst, nachen gannst'n sagn, ich ließ'n
. . . . . ich ließ'n scheene grießen. Na, machts
gut.“

Er reichte ihnen die Hand und trollte sich
davon, ohne sich nach seiner Tänzerin nur
noch einmal umzusehen, welche mit gar bestürzter
Miene ein wenig abseit das Ende der Ver=
handlung abgewartet hatte. Im Vorzimmer
draußen bildeten die Männer sofort eine Gasse,
um ihn durch zu lassen. Einige von ihnen
verbeugten sich ironisch und höhnten ihm nach:
„Atjeh, Herr Soldate! Sein Se so freindlich
un gommen Se nich wieder. — Sie, Sie han
je Ihrn Schatz vergässe. — Garline sollst mal
nunder gommen" — und derlei Späße mehr.

Er kümmerte sich nicht darum, sondern
schritt gleichmütig aus der Thür hinaus und
die Treppe hinunter. Unten fiel ihm ein, daß
er Koppel und Seitengewehr oben gelassen habe
und er wollte eben wieder die enge Stiege
hinauf, als er die Karline von oben ihm ent=
gegen kommen sah. Er blieb auf der untersten
Stufe stehen und schaute ihr lächelnd entgegen.

Sie sprang ordentlich die Stufen hinunter,
bis sie vor ihm stand. Und dann fragte sie
kurzatmig und aufgeregt: „Is 'enn wahr, daß
De mich hast rufen lassen?"

„Nä", sagte er kopfschüttelnd. „Da han sich
die Ludersch en Spaß gemacht. Na was is'n
— was hast'n? Du werscht doch nich woll'n
weene? Ich dächte gar — mach D'r nischt
draus."

Es zuckte ihr schmerzlich um den dicken Mund.
Sie hob einen Zipfel ihrer Schürze auf und
wischte sich damit über die Augen. Ihr mäch=
tiger Busen arbeitete sichtbar in der Anstrengung
das Schluchzen zu unterdrücken.

Da begann auch Gottliebs Herz rascher zu
schlagen. Er riß seine Augen auf und starrte
voll mitleidiger Verwunderung zu dem großen
Mädchen hinauf. Und dann ergriff er sie am
Ellbogen und zog sie die zwei Stufen hinunter
zu sich, schlang seinen linken Arm um ihren
kräftigen Rücken und drückte sie an sich.

„Ach was, lassen Se mich gehn, Sie machen
sich je doch nischt aus mir" stieß sie halb
schluchzend hervor, machte sich los von seinem
Arm und wollte davon.

Er hielt sie am Rocke fest und versetzte
eifrig: „Bilde D'r ok so was nich ein, Gar=
line. Und daß De nich noch emal Sie vor

mich sprichst. Ich ha' es wahrhaftjen Gott sälber
neet'ch, daß sich eins aus mir was macht. Ich
bin nur fort, weil ich heeme muß und keen
Urlaub nich ha'n. Aber wennste mich mechtst
noch e Sticke bekleiden, weißte, da bhätste mir
e recht'n Gefall'n dermit." Und dabei patschte
er sie einschmeichelnd auf den Oberarm.

Da klärte sich ihr Antlitz wieder auf. Sie
wischte sich rasch noch einmal die Augen und
sagte fröhlich zu.

Dann betraten sie Hand in Hand das
Gastzimmer zu ebener Erde. Dort saßen ein
paar ältere Bauern beim Kartenspiel beisammen
und die kümmerten sich nicht weiter um das
Paar. Auf der Schwelle angekommen, blieb
Quaritsch zögernd stehen und schnupperte mit
hochgehobener Nase nach dem Schenktisch hinüber.

„Was is'n?" fragte Karline.

„Ich meene hier riechts nach Bratwärschten,"
grinste er pfiffig.

Und die Wirtin hinter dem Schenktisch
hatte seinen Ausruf gehört und bestätigte die
Thatsache.

„Du weeßte, Garline, ich — ich ha Hunger. Bis ich heeme gomm sinb's noch zwei Stinne= chen zun laufen. Ich dächte ..... Was meenste?"

„Nu freilich, iß nur, wennste App'tit haft, ich gann je berweile uff b'r Gaffe uff Dich lauere."

„J was werscht 'enn! Du werscht D'r auch ä Baar Wärschte gäb'n laffe."

„Haach jemmerſch nee, ichc!" rief Karline, zog die Schultern hoch, schlug die Hände zu= fammen unb knickfte ein paar mal mit einer gewiffen Koketterie.

„Na, ich bezahle nabierlich" fagte Quaritfch, fich in die Bruft werfenb. Unb bann trat er zum Schenktisch und fragte die Wirtin vor= fichtigerweise mit leifer Stimme nach dem Preife ihrer Bratwürſte. Er schaute in feinen Gelb= beutel. Die Sache ließ fich machen, fogar mit Sauerkraut unb Bier. Dann behielt er freilich nur noch fünf Pfennige übrig, aber bis zum nächsten Löhnungstag reichten ja auch die von der Mutter gefpendeten Vorräte noch aus, um feinen Extraappetit zu befriedigen. Er fetzte

sich mit seiner Karline in eine einsame Ecke
und da verspeisten sie, ohne viel dabei zu reden,
ihre Bratwürste mit Kraut und tranken dazu
aus einem Glase wie richtige Liebesleute. In
ihrem Leben war der Schweinemagd so Herr=
liches noch nicht widerfahren und sie erklärte
immer von neuem, daß es ihr noch nie so gut
geschmeckt habe.

Eine gute halbe Stunde saßen sie so bei=
sammen. Es war halb acht Uhr vorbei, die
Dämmerung begann herein zu brechen — und
Quaritsch dachte noch immer nicht an die Heim=
kehr. Er hatte eine ganze Menge Bier zu=
sammen getrunken den Nachmittag über, das
war ihm zu Kopfe gestiegen, und nun noch gar
die behagliche Wärme nach dem guten Essen,
die Nähe des verliebten Mädchens — er fühlte
sich so glücklich, so frei — die Kaserne mit allen
ihren Schrecken war vergessen. Es gab keine
Furcht mehr für ihn — und auch keine Zeit.

Karline stieß ihn zärtlich mit dem Knie
unter dem Tisch: „Heere Du, Gottlieb, wolln
mir 'enn nich emal danze?"

„I lieber gar!" versetzte er verächtlich.

„Laß ok die Bande alleene rumhuppe, mir
amesiren uns viel besser alleene, gelle Du, was
meenste? — So ganz alleene! — Komm ok,
jetz werds so hibsch schummrich. Mir machen
e bäßchen spazieren."

Karline war es auch so zufrieden und sie
verließen Hand in Hand die Gaststube und
keins kümmerte sich darum, was die andern
Leute davon denken mochten. Die Mütze schief
auf dem Kopfe, die untersten drei Knöpfe des
Waffenrocks offen, so schritt Quaritsch mit
seinem Schatze über die Gasse und hinüber in
den schwarzen Schatten der alten Kastanien
um die Kirche. Da spielten immer noch die
Kinder herum, halbwüchsige Mädchen drehten
sich paarweise mit einander nach dem Takte der
Musik, die aus den offenen Fenstern der Schenke
hervorbrang. Aber hinter der Kirche wars
einsam. Da faßte er sie um die Taille und sie
schmiegte sich dicht an ihn. Und an der Sakristei=
thür blieb er stehen, drückte sie fest an die Wand,
daß sie sich nicht rühren konnte und küßte sie
    Sie seufzten beide tief auf nnd dann sagte
sie leise: „Biste m'r richt'ch gutt?"

„Nu freilich", erwiderte er ebenso. Und dann strich er ihr zärtlich mit seinen beiden groben Tatzen über Schultern, Brust und Arme und sagte: „Mir is je doch noch nie e Mätchen gutt gewäsen und Du bist je doch mein erschter Schatz!"

„Is 's wahr?"

„Nu wenn ich D'r'sch sage — wahrhaftjen Gott!"

„Ach Gottlieb — mir is so — ich weiß wahrhaft'ch nich wie m'r is. So hat noch geins vor mich gered't!" Und sie fiel ihm um den Hals, warf die Arme um seinen Rücken und drückte ihn so fest an sich, daß die kaum verheilten Wunden unter dem Drucke ihrer harten Finger schmerzten.

„Au, Dunnerwetter!" stöhnte er. Und sie fuhr erschrocken zurück und fragte, was ihm denn sei?

Und da erzählte er ihr ein Langes und Breites, nicht nur von den Leiden der letzten Tage, sondern von allem was ihm seit seiner ersten Rekrutenzeit bis heute Übles widerfahren war. Und sie hatte auch ihr Teil zu erzählen,

ihr wars bei Gott nicht besser ergangen. Als un=
eheliches Kind von der Mutter wie vom Stiefvater
herumgestoßen zum Gotterbarmen — und später
waren die Eltern nach Amerika ausgewandert
und hatten sie mutterseelenallein zurückgelassen
als vierzehnjähriges Ding. Da war sie auf das
Gut gekommen durch Fürsprache des Pastors.
Und da schufen ihr wieder ein harter Inspektor
und dessen geizige Frau, die ihr kaum das
bißchen Essen gönnte, böse Tage; und Maul=
schellen setzte es genug, auch heut noch, wenn
was mit den Schweinen nicht ganz recht war.

Und derweilen die beiden einander so mit
ihres Lebens Leidensgeschichten unterhielten,
waren sie zum Dorf hinaus und dann auf
einem einsamen Pfade an Gartenzäunen und
Lehmmauern entlang auf die Landstraße ge=
kommen. Hinter der Hügelkette, über die sich
über eine Meile weit nach Westen der Hochwald
hinbreitete, ging die Sonne unter, und von dem
warm leuchtenden Carmin des Horizonts zeich=
neten sich die Baumwipfel mit ihren Bogen und
Spitzen im krausen Zickzack als eine starre
schwarze Masse so scharf ab wie ein Felsengrat.

Und während sich am Westhimmel ein wunder-
bares Farbenspiel entwickelte, violette Streifen
aus dem milden Feuerschein hervortauchten und
mählich höher steigend ins Grün und Gelb
hinüberspielten, um endlich in dem blassen Indigo
des Abendhimmels zu verschwinden, während
dessen hatten sich über das schmale Vorland
zwischen Groß = Bösleben und der Hügelkette
schon dunkle Schatten niedergesenkt. In den
Feldern zirpten die Grillen und von dem flachen,
sumpfigen Weiher her ertönte das Gegluck der
Unken und das leidenschaftliche Gequarr der
Frösche.

Das Liebespaar war auf jener Brücke angekommen, über welche die vier Soldaten am
Nachmittag mit Gesang marschiert waren. Jetzt
war es ganz einsam dort und Gottlieb setzte
sich mit seiner Karline auf die steinerne Brust-
wehr und sie hielten sich eng umschlungen und
starrten mit schmachtenden schwimmenden Äuglein in die bunte Pracht des Abendhimmels
hinaus. Was Schönheit war, das wußten sie
alle beide nicht und sie machten auch gar keinen
Versuch irgend eine Meinung zu äußern über

das prachtvolle Schauspiel, das sie so beschaulich
genossen. Mit keinem Worte störten sie die stille
Harmonie, die zwischen dem üppigen Farben=
konzert am Himmel und dem träumend empfun=
denen Glück ihrer Herzen sich angesponnen hatte.
Darinnen herrschte auch rot glühende Sinnen=
seligkeit und darüber spielte in bunten Lichtern
das Glück des Augenblicks in verschiedener Ge=
stalt, und über allem spannte sich hoch der
helle Nachthimmel der Vergessenheit, an dem
weit verstreut blasse Sterne der Hoffnung auf=
zuleuchten begannen.

Die beiden saßen stumm und drückten sich
und küßten sich. Unter der Brücke plätscherte
munter der helle Wiesenbach, der noch von
keinem langen Lauf durch die Ebene träge ge=
worden war. Die alten Weiden an seinen
Rändern nahmen in der Dämmerung gar wunder=
bare Gestalten an und ein würziger Duft stieg
von den großen Haufen frischgemachten Heus
an seinen beiden Ufern empor. Gottlieb senfzte
tief auf und ließ sich von der Brüstung herunter
gleiten. Er stellte sich breit vor Karoline hin,
umfaßte sie mit seinen starken Armen und hob

sie von ihrem Sitze herunter, indem er sie fest an sich drückte.

„Ach Gottlieb, geh noch nich fort", flüsterte sie rasch atmend.

Und er lachte leise: „Nä, nä, gomm ok!", ergriff sie unterm Arm und rannte mit ihr die steile Böschung hinunter. Ungeschickt, wie sie alle beide waren, kamen sie ins stolpern und unten ließ Gottlieb gar Karlines Arm los und versetzte ihr noch einen Stoß, so daß sie der Länge lang über einen Heuhaufen fiel. Und er stolperte plump hinter drein, fiel neben ihr auf die Knie, häufte das Heu über sie und that als ob er sie darunter ersticken wollte. Sie wehrte sich und kicherte und kreischte halblaut.

Da warf er sich über sie, packte sie fest bei beiden Schultern und raunte ihr ins Ohr: „Du, Garline, was meenst'en, wenn ich Dich jetz' umbringen däthe?"

Und sie guckte ihm mit breitem Lächeln in die Augen und sagte ganz leise: „Von meins= wägen, mir wärsch recht. Dir gennt ich je doch alles zu Liebe duhn!" — — — — — —

Mit langfamen tiefen Schlägen, die weit in die stille Nacht hinaushallten, verkündete die Turmuhr von Groß=Bösleben die neunte Stunde. Da fuhr Gottlieb Quaritsch von feinem weichen Heulager empor, griff sich an den Kopf und fluchte leise vor sich hin.

Jetzt wühlte sich auch Karline mühsam her= vor und fragte ängstlich: „Herrjemmersch, Gott= liebchen, was is 'enn, mußt 'enn jetzt heeme?“ Und sie legte müde den Kopf an seine Brust.

Er lachte gezwungen. Und während er ihr mit seinen dicken Fingern das Heu aus dem fettglänzenden blonden Haar zupfte, erklärte er ihr, daß er schon längst hätte aufbrechen müssen, daß er ohne Urlaub und noch dazu dem Bann des Reviers entwichen fei. War es schon nicht ungefährlich des Nachmittags auf ein paar Stunden durchzubrennen, so war ihm jetzt, wenn er um elf Uhr nachts ohne Urlaubskarte die Kasernenwache passieren mußte, schwere Strafe gewiß, zumal da er beim Hauptmann so schlecht angeschrieben stand.

Sie begann ihn jammernd zu bedauern und sich selbst anzuklagen, daß sie dies neue Unge=

mach für ihn verschuldet habe. Er aber stellte
sich ganz gelassen und behauptete, ihm sei nun
schon alles einerlei. Ein paar Tage strengen
Arrests verschlügen ihm nun auch nichts mehr, so
gewohnt wie er die Schinderei doch schon einmal
sei. Nun er einen treuen Schatz in erreichbarer
Nähe habe, würde er schon seine drei Jahre
aushalten, so oder so.

Und da sie ihn so gefaßt sah, wurde sie
auch selbst wieder guten Muts. Er sprang
auf die Füße und half ihr auf von dem weichen
Liebeslager und dann brachte sie lustig kichernd
den Heuhaufen wieder in Ordnung, weil sie
als ordentliches Mädchen gewohnt sei, immer
erst hübsch das Bett zu machen, bevor sie die
Schlafkammer verließ. Und dann waren sie
einander behülflich, das Heu aus ihren Kleidern
zu entfernen. Bei dieser Gelegenheit ward
Quaritsch erst gewahr, daß er sein Seitengewehr
auf dem Tanzboden gelassen habe. Da bekam
er es doch mit der Angst. Wenn ihm die
frechen Bauernburschen nun gar den Schur angethan hätten, ihm seine Waffe zu entwenden,
wenn er „ohne umgeschnallt" mitten in der

Nacht von der Kasernenwache aufgegriffen
wurde, dann war es vollends aus mit ihm,
dann konnte er sich gleich auf die zweite Klasse
des Soldatenstandes gefaßt machen.

Rasch gingen nun die beiden bis zur
Schenke zurück. Das Tanzvergnügen war noch
im vollen Gange. Karline wollte nicht wieder
mit hinein. Sie schämte sich und fürchtete den
Spott, der sie unfehlbar begrüßen mußte, wenn
sie an der Seite ihres Füsiliers sich jetzt blicken
ließ. Sie hielt sich unter den Kastanienbäumen
an der Kirche versteckt, bis er wieder herunter
kam. Lautes Gejohle und rohes Gelächter
drang durch die offenen Fenster des Tanzsaales
an das Ohr der ängstlich Lauschenden. Und
dann gab es einen heftigen Wortwechsel da
oben, aus dem sie die Stimme ihres Schatzes
wohl heraus hörte. Herrgott, wenn nur keine
Schlägerei daraus entstand! Einer gegen so
viele! Sie hätten ihn gewiß schrecklich zuge=
richtet. Aber jetzt wurde es auf einen Augenblick
stille da oben und gleich darauf setzte die Musik
wieder ein. Karline atmete erleichtert auf. Und
jetzt sah sie auch ihren Gottlieb mit einem Satze

die zwei steinernen Stufen vor der Schenken-
thür herunter springen und auf sie zueilen.

Sie lief ihm entgegen und bemerkte sogleich
daß er seine Waffe nicht um hatte.

„Ach Gottlieb“ jammerte sie, „han se dersch
doch gemauft, die Bande die gemeine?“

„Nä nä, halt mich nur nich uff,“ versetzte
er hastig, indem er sie bei der Hand nahm und
mit sich fortzog. „Die Gameraden von der
zweiten Gombanie han 's mitgenommen. Da
war eener, der de auch gedient hat, der hat
mersch gesaet. Ich sulle nur feste zulaufen, se
wär'n erscht vor ener Bärtelstunde fortgemacht.
Ich gennte se gut noch einholen.“

„Ja ja, laufe nur Gottliebchen,“ ermunterte
sie ihn, sich schwerfällig neben ihm in Trab
setzend. „Gomm nur mit bein Gute vorbei, da hast
es'n näher uff de Scharsee.“

Sie keuchten neben einander her an der
Rückseite der Stallungen und Scheunen des
Rittergutes. Und dann kletterten sie mit leichter
Mühe über eine niedrige Lehmmauer, die den
herrschaftlichen Küchengarten abschloß, sprangen
über die Beete weg und den schmalen Weg

zwischen den Stachelbeerbüschen entlang, bis zu einem unverschlossenen eisernen Pförtchen am andern Ende. Dort machte Karline einen Augenblick Halt und wies auf ein Fenster zu ebener Erde auf der Rückseite des Wirtschafts= gebäudes, die nach dem Küchengarten hinaus lag.

„Siehst D' es, dort ist mei Fenster, da drinne schlaf ich mit den beiden Stallmägden" stieß sie atemlos hervor. Und dann zog sie ihn wieder weiter an der Hand über den Hof, beruhigte den großen Schäferhund, der bellend auf sie losge= sprungen kam und begleitete ihn auf einer kurzen Pappelallee, die als Privatweg nach der Land= straße führte, bis dorthin. Sie umarmten sich noch einmal flüchtig und er versprach wiederzukommen, sobald als es ihm möglich sei. Dann setzte er sich wieder in Laufschritt und war bald im Schatten der Kirschbäume nicht mehr zu erkennen.

Rasch atmend, die Linke auf den wogenden Busen gedrückt, stand sie da, bis sich das Trapsen seiner schweren Stiefeln in der Stille der Nacht verloren hatte. Dann kehrte sie langsam durch die Pappelallee nach dem Hofe zurück.

Gegen vier Uhr am andern Morgen — es
war schon ganz hell draußen, obwohl die Sonne
noch nicht aufgegangen war — fuhr Karline aus
einem unruhigen Traume empor. Die Erzählung
ihres Schatzes von all den grausamen Quälereien
die er durchzumachen gehabt hatte, von den
Puffen und Knuffen der Unteroffiziere, den
Schlägen der Kameraden und ihrem mitleiblosen
Hohn, ging ihr, alle Einzelheiten bis zum
Furchtbaren gesteigert, umsomehr im Kopfe herum,
als ihr selber gestern Abend noch mit Schlägen
und mit Hohn die Nachtruhe gesegnet worden
war. Das Haus war schon verschlossen gewesen.
Der Inspektor selber bewahrte den Schlüssel und
hatte ihr auf ihr Klopfen geöffnet. Und kaum
war er ihrer ansichtig geworden, als er wie
ein Rasender über sie her fiel und sie mit
Maulschellen und Faustschlägen auf Schultern
und Rücken traktierte, weil sie versäumt hatte am
Abend ihre Schweine zu besorgen. Und die
beiden Kuhmägde, welche die Schlafkammer mit
ihr teilten, hatten statt Mitleid nur schadenfrohen
Hohn für sie gehabt. Daß sie mit einem Soldaten
gegangen war, wußten die natürlich auch schon.

Da kriegte sie denn schöne Dinge zu hören. Zum Schluß ihres wüsten Traumes war ihr ihr Gottlieb erschienen, hatte sie bei der Hand genommen und bloß gesagt: „Komm ok mit, mir reißen aus." Und da wollte sie aufstehen und ihm folgen. Sie mußte ja doch thun, was er wollte, das verstand sich ja ganz von selbst. Aber sie fühlte sich im Bette festgehalten, wie mit Stricken angebunden und eine Zentnerlast auf ihrem Leibe. Sie schlug mit den dicken roten Armen um sich und arbeitete sich mühsam ein wenig unter dem schweren Federbett hervor.

Und jetzt war sie wach. In Schweiß gebadet lag sie da und rieb sich die Augen. Von den beiden anderen Betten her ertönte das regelmäßige sanft rasselnde Geschnauf der Mägde und jetzt — wo kam denn das her? — das hatte doch deutlich geklopft?

Karline richtete sich halb auf, stützte sich auf die Hände und starrte nach der Thür. Da klopfte es wieder; aber das kam nicht von der Thür, das kam vom Fenster her. Sie blickte ängstlich nach ihren Kamerabinnen hinüber und als sie sah, daß die noch fest schliefen und sich nicht rührten, sprang sie aus dem Bette und schlich nach dem Fenster. Sie schlug das zerschliffene alte Rouleau ein wenig zurück — und wirklich, es war ihr Schatz, der da draußen stand, das breite Gesicht zwischen zwei der eisernen Gitterstäbe gedrückt, welche vor dem Fenster angebracht waren.

Im ersten Augenblick war sie gar nicht einmal so sehr erstaunt. Er war ihr ja die ganze Nacht im Traume nah gewesen, und daß er nun wirklich leibhaftig dastand, das war nur eine vernünftige Fortsetzung des Traumes. Sie öffnete leise das Fenster und streckte ihm die Hand zur Begrüßung durch das Gitter entgegen. Sie dachte gar nicht daran, daß sie alle ihre Herrlichkeiten seinen Augen preisgab, wie sie so vornüber geneigt im bloßen Hemde vor ihm stand. Und er schaute nur immer und hielt ihre Hand fest und sprach kein Wort. Die kühle Morgenluft strich ihr über den heißen Körper, daß sie frostig zusammenschauerte. Da entzog sie ihm endlich ihre Hand und flüsterte: „Wennste nur e' kleenes Augenblickche willst warten, ich gomme gleich 'naus."

Sie drückte das Fenster vorsichtig wieder
zu und dann zog sie sich eilfertig an, sogar
Strümpfe, denn einem Soldaten in Uniform
wollte sie sich doch nicht barfuß präsentiren.
Das Waschen versparte sie sich für später aus
Furcht, die beiden anderen aufzuwecken. Dann
nahm sie ihre Schuhe in die Hand und schlich
sich hinaus. Der Schlüssel steckte von innen
in der Hausthür.

Nun war sie draußen. Vorsichtig blickte
sie ringsum. Es schien noch keine Menschen=
seele auf zu sein. Der Pferdeknecht vielleicht,
aber der hatte ja im Stall zu thun. Da
streifte sie beruhigt die Schuhe über die Füße
und rannte nach der eisernen Gartenthür. Leise
rief sie ihren Schatz beim Namen. Und dann
hieß sie ihn quer über den Hof in den herr=
schaftlichen Park hinüber rennen. Dort wären
sie zu dieser Stunde ganz sicher, denn der
Gärtner und die Schloßdienerschaft kämen vor
sechs Uhr nicht zum Vorschein.

Quaritsch that wie ihm geheißen und ge=
langte unbemerkt hinüber in den Schloßgarten.
Karline folgte ihm nach. Und dort unter dem

breiten Wipfel einer alten Linde auf einer Gartenbank ließen sie sich nieder und wärmten einander in einer langen Umarmung.

Karline war die erste, die soweit wieder zur Besinnung kam, um die naheliegende Frage zu thun, wie denn das zugehe, daß er sich so früh am Tage wieder bei ihr einstellte. Und da erzählte er ihr, daß er gestern Nacht trotz äußerster Anstrengung die Kameraden nicht mehr einzuholen vermocht habe. Trotzdem sei er bis zum Kasernenthor gegangen, aber dort habe er gerade seinen Feldwebel um die Mauer biegen sehen auf seinem Heimweg und da hätte er einen solchen Schreck gekriegt, daß er in der entgegengesetzten Richtung davongerannt sei, so rasch ihn seine Beine nur tragen wollten. Und nun habe er beschlossen, überhaupt nicht mehr zurückzukehren.

„Ich ha'es 'en satt, ich mache nich mehr mit! Ich laß m'r nischt mehr gefall'n!" knirschte er, die geballten Fäuste schüttelnd, vor sich hin. „Mir is jetzt alles eingal. Wenn se mich fassen, nachen schmeißen se mich doch ins Loch. Obs 'r nune acht Tage mehr wär'n oder nich,

das is je doch mir Schnorz. Und wenn ich
'rausgomm, nachen brenn ich wieder durch, bis
daß se mich emal totschieße. Nachen wär'n se
wohl zufrieden sein, die Hunne!"

„Aber nee, Gottlieb, wies De bloß red'tst",
rief Karline entsetzt. „Wo bist denn nur be
Nacht gewäsen?"

„Nu, ich bin je doch gleich redur gemacht
und hier bein Dorfe da ha' ich ene Sandguhle
gefunden. Da ha' ich brinne geschlafen. Un
jetz will ich in Wald, weißte. Da versteck ich
mich, daß se mich so leicht nich fassen sollen.
Aber heere, Garline, was de de Hauptsache is
— Du mußt m'r Civilgleider verschaffen."

„Iche?" Sie rückte ein Stückchen von ihm
weg und sah ihn groß an.

„Nu freilich, wer 'enn sunste? In der Uniform derf ich mich je doch nirgends lass' blicke!"

„Hast 'enn Geld?"

„Fimf Fennje ha' ich", lachte er bitter.
„Da b'rvon gann ich m'r nu grade geen Sonn-
tagsanzug gaufen."

„Nu, ich ha' je doch auch nischt", versetzte
sie kleinlaut. „Wie soll ich 'enn nachen . . . ."

„Ach was, bis ok niche sr tumm! Wennste
mich richt'ch lieb hätt'st, nachen dähtste nich
lange fragen. Was m'r nich gaufen gann, das
muß m'r halt mause — wemmersch doch so
neet'ch hat.“

„Nee Gottlieb, das buh ich nich. Gei Dieb
bin ich nich.“

„Na, da is gutt, nachen läßt es halt bleiben.
Atjeh Garline, machs gutt! Ich wär seh'n, daß
ich 'nieber gomm ins Weimersche. 's gibt er
ja noch mehr Mätchen auf b'r Welt, die de
sich braun für ihrn Schatz was zu risgire!“
Und damit stand er seufzend auf und schritt
davon.

Sie lief ihm nach und umklammerte ängst=
lich seine Schultern. „Ach Gottlieb, Du werscht
doch nich? Was bist 'enn glei so sucht'ch? Ich
will sähn, daß ich D'r was erwische gann.
Wahrhaftjen Gott, was be mit mir werd, das
is m'r schon ganz eingal, wenn Dich nur nich
der Schanbarm backt.“

Da drehte er sich rasch um, ergriff sie beim
Kopfe und drückte den zärtlich an seine Schulter.
Eine lange Weile standen sie nun wieder in

schweigender Umarmung. Dann machte sich Karline los, streichelte ihm die Backen und sagte traurig: „Mei armes Gottliebchen! Hunger werschte haben, niche?"

„I nu freilich ha ich Hunger", seufzte er tief. „Un wie's dadrmit wär'n soll, das weiß der liebe Himmel."

Sie dachte ein Weilchen nach und dann machte sie ihm den Vorschlag, er sollte drüben im Wald nach dem verlassenen Steinbruch suchen. Da würde sie hinkommen und ihm was zu essen bringen.

„Nu ja, da is recht. Wannehr gemmst'n?"

„Na ich denke so um fimwen, sechsen rum. Abends mein ich."

„Abends?" rief Gottlieb ganz entsetzt. „Was denkst Du 'enn Dir bloß? Gannst 'nn mir nich wenigstens e Sticke Brot mitgäben?"

„Nu nee, Gottliebchen. Ich meecht m'r ja gerne 'en letzten Bissen vom Munde wegnähmen, bloß um daß be Du nich hungern brauchst; aber ich ha' D'r doch nischt! Was be de Inspektern is, die schließt je alles weg in b'r

Gammer. Eh' de bie nich uffsteht, vor sechsen, gibts gei Frihsticke nich."

„Ui jemmersch, jemmersch nee, ich gann doch niche Gras fresse, wie's liebe Vieh!?" rief Quaritsch, sich verzweifelt am Kopfe kratzend.

Und sie standen beide ratlos. Die verliebten Gefühle vergingen ihnen vor der schweren Not der Magenfrage. Da erscholl auf einmal vom Hofe her eine laute Stimme. Karline fuhr erschreckt zusammen und horchte.

Es war der Hofmeister, der mit dem Pferdeknecht herum schimpfte. Und dann hörten sie den schweren Schritt sich dem Wirtschaftsgebäude nähern und mit einem Stock an die Thür klopfen. Der Mann hatte also wohl Auftrag, den Inspektor um halb Fünf zu wecken, erklärte Karline ihrem Liebsten.

„Ach lieber Gott, lieber Gott", jammerte sie leise. „Jetz merkt e' doch, daß schon eins vor en draußen war. Nanune gehts wieder ieber mich. Mach fort, mei Gottliebchen, laß Dich nur nich berwische, sonste gehts uns beiden schlecht." Und sie drückte sich noch einmal fest an ihn, und dann stieß sie ihn fort in der

Richtung auf das eiserne Gitter, das den Park
nach dem Felde zu abschloß und sprang selbst
über das thaufeuchte Gras davon.

Quaritsch schaute ihr mit stumpfer Wehmut
nach, bis sie hinter dem Buschwerk verschwunden
war und dann machte er sich mit einem schweren
Seufzer auf den Weg. Die von wildem Wein
und Epheu umrankte Parkmauer war ihm zu
hoch und das Pförtchen im Gitter verschlossen.
Da blieb ihm denn nichts übrig als über dieses
selbst hinüber zu klettern. Das war aber nicht so
leicht, denn es bestand nur aus einem, mit einem
dünnen Drahtnetz ausgefüllten eisernen Rahmen,
welcher oben mit langen scharfen Spitzen besetzt
war. Er zwängte zunächst eine Fußspitze in
eine Masche des Drahtes hinein und wollte das
andere Bein überheben. Aber der Draht zerriß
unter der Schwere seines Körpers. Er mußte
schon versuchen an der Mauerecke mit einem
Schwung auf das Gitter hinauf zu kommen,
vorsichtig über die Spitzen wegzutreten und an
der anderen Seite herunter zu springen. Er
war zwar ein recht ungeschickter Turner, aber
die Not machte ihn beherzt und so gelang es,

nur daß er beim Herunterspringen mit dem
linken Hosenbein an einem Dorn hängen blieb,
so daß das Beinkleid einen langen Riß bekam
und er selber die kleine Böschung hinunter und
weiter in den Wassergraben kollerte. Viel
Wasser war nicht drin in dem Graben, er
machte sich nur ein wenig naß und schmutzig,
ohne weiteren Schaden zu nehmen. Dann lief
er an dem Graben entlang, an dem noch ver=
schlossenen Hofthor und den Gutsscheunen hin
und so immer weiter außen um das Dorf her=
um, denn hindurch traute er sich nicht. Er
glaubte jetzt den Weg wieder zu erkennen, den
er gestern Abend mit seinem Schatze gewandelt
war. Dort drüben sah er ja auch die Land=
straße und jene Brücke, von der aus sie mit=
einander den Sonnenuntergang genossen hatten.
Und weiter hinten winkte ihm der große dunkle
Forst, der seine Zuflucht werden sollte.

Jetzt stand er auf der Brücke. Da drunten
die Heuhaufen. Er blieb stehen, um zu ver=
schnaufen und versuchte sich zu erinnern, welcher
wohl ihr Brautbett gewesen sei. Er gedachte
der kurzen seligen Stunde und es wurde ihm

so weich ums Herz, daß er darüber sogar Hunger und Gefahr vergaß. Er kletterte den Abhang hinunter und untersuchte die nächsten Haufen nach einer Spur des Abenteuers von gestern Nacht. Schade, daß Karline ihr Lager so ordentlich wieder aufgebettet hatte! Aber da glänzte ja etwas, unten am Rande des Heus. Er bückte sich darnach. Es war eine stählerne Schnalle und diese Schnalle gehörte zu einem roten Strumpfband, das er jetzt mit einem Freudenschrei aus dem Heu hervorholte. Hier war es also gewesen.

Und er zog das rote Band zwischen zwei Knopflöchern seines Waffenrockes durch und hakte auf der Unterseite die Schnalle ein. Dann schlug er sich auf die Brust und sagte vergnüglich grin=send, halblaut vor sich hin: „So Quaritsch, mei Sehnechen, alleweile hast 'en hohen Or=ben. Jetze nimm D'r noch e Goppgissen mit. So, das is scheene weech und kost' D'r nischt.“

Er raffte zwei Hände voll Heu auf und stopfte sie zwischen den offenen Knöpfen unter seinen Rock. Dann schritt er am Ufer des Baches stromauf dem Walde zu.

6*

Nicht weit davon lag ein zweites kleines
Dorf. Es war gewiß schon fünf Uhr und eine
Menge Leute mochten schon ihr Tagewerk be-
ginnen. Da war es gefährlich, sich in die
Nähe oder gar hinein zu wagen. Aber der
Hunger plagte ihn zu arg. Am Rande eines
Kornfeldes schlich er sich auf das Dörfchen zu.
Er stieß auf ein Kohlrübenfeld und riß hastig
ein paar Wurzeln aus der Erde. Herrgott
waren die Dinger noch klein! Und schmecken
thaten sie auch nicht. Trotzdem stopfte er sich die
Taschen damit voll. Und dann rannte er wieder
weiter, auf ein Obstgärtchen zu, das seine gierigen
Augen entdeckt hatten. Ein alter Lattenzaun
hegte es ein, aber nur ein paar kräftige Fuß-
tritte und eine Bresche war gebrochen. Er
zwängte sich durch und machte sich sofort daran
auf einen Kirschbaum hinauf zu klettern, auf
dem er eine Menge reifer Herzkirschen entdeckt
hatte. Als Knabe hatte er oft genug den Pfarr-
garten plündern geholfen — und der Baum
erwies sich zum Glück als bequem. Er pflückte
soviel Kirschen als er erreichen konnte und in
seiner Mütze Platz hatten. Dann rutschte er

wieder an dem Stamm hinunter und wollte sich eben nach weiterer Beute unter den Beeten des Gärtchens umsehen, als die Hinterthür der Kate sich öffnetete und ein altes Weib heraus trat. Da sprang er mit großen Sätzen davon, brach plump wie ein angeschossener Eber durch seine Bresche durch und rannte querfeldein dem Walde zu. Er hörte noch die Alte hinter sich keifen und schreien: „Baul, Baul, gomm fix! E' Soldate is in Garten eingebrochen. Halt'n Dieb!"

Er lief noch etwa fünf Minuten lang und dann blieb er stehen, hinter einem hohen Kornfeld wohlgeborgen, schaute sich um und lauschte. Es war nichts mehr zu hören noch zu sehen. Er fühlte sich in Sicherheit und schritt gemächlich dem Waldrande zu, den er in wenigen Minuten erreichte. Dort ließ er sich nieder und verzehrte seine Kirschen. Die Hälfte davon war unreif, aber er wurde doch wenigstens satt, wenn ihm auch ein Töpfchen voll dünnen Kaffees und ein dickes Stück Kommißbrod mit Schmalz von Hause dazu lieber gewesen wäre.

· Eine prächtige Aussicht hatte er dort oben. Das weite fruchtbare Gelände mit den vielen

Dörfern, halb im Grün versteckt, und dort, weit
draußen im Osten, gerade vor der Sonne, die
blendend rein, einen heißen Tag verkündend,
empor gestiegen war, die Garnisonsstadt. Er sah
die schlanke Spitze des Turmes der Hauptkirche
und die Zwiebelhaube der Nicolaikirche in die
blaue Luft hinausragen und etwas außerhalb
der Stadt einen großen blendenden Lichtfleck.
Da mußte sich die Sonne in dem neuen Schiefer-
dach der Kaserne spiegeln. Wie es da wohl
schon kribbelte in dem großen Ameisenhaufen.
Kaum, daß sie ihr Frühstück hinunter geschlungen
hatten, schrieen schon die Unteroffiziere in die
Stuben hinein: „Runtertreten! Wartet, ich wer
Euch Beine machen!" Wie sie durcheinander
wimmelten; die einen schon mit ihren Gewehren
die Treppe hinunter polternd, andre noch mit
dem Anzug beschäftigt, einander die Tornister
aufhelfend, schreiend und fluchend. Die Sklaven,
die Hunde, die da tanzen mußten wie die Herren
pfiffen! Und er war frei!

Er lehnte sich zurück gegen die Böschung
des Grabens, an dem er saß, deckte seine Mütze
über die Augen und dehnte sich behaglich in

der warmen Sonne. „Laßt Euch nur schinden,
Ihr Schafsgöppe! Den Gram mach ich nich
mehr mit! Ihr gennt mir alle 'n Buckel nuff
und nunder rutsche — hä hä!"

Er lachte ganz vergnügt vor sich hin. Und
dann überwältigte ihn bald die Müdigkeit. Im
Halbschlaf kam ihm die Erinnerung, wie er
zum ersten Male als Rekrut auf dem Kasernen-
hofe gestanden und ihnen die Kriegsartikel vor-
gelesen worden waren. Herrgott Strambach
hatte er es da mit der Angst gekriegt, als vom
dritten Artikel an immer wieder und wieder
das düstere Kehrwort an sein Ohr schlug:
„Oder mit dem Tode bestraft." — Wie war
denn das nur mit der Fahnenflucht? Er
konnte sich nicht besinnen. Es summte ihm
nur immer in den Ohren, die alte Leier —
„mit Gefängnis, Zuchthaus oder mit dem Tode
bestraft!" Damit schlief er ein.

Als er erwachte, war es neun Uhr. Seine
alte silberne Spindeluhr trug er glücklicherweise
bei sich, und während er sie aufzog, überlegte
er, wie viel er wohl dafür bekommen könnte,
wenn er sie in der nächsten Stadt jenseits des

Waldes versetzte oder verkaufte. Aber freilich, vor allen Dingen mußte er Civilkleider haben, ohne die half ihm auch kein Geld. Sein Schicksal hing also ganz davon ab, ob und wann es Karlinen gelang, ihm solche zu verschaffen. Er selbst hätte in seiner Notlage auch keinerlei Bedenken getragen, Kleider oder Nahrungsmittel zu stehlen, wenn sich eine günstige Gelegenheit bot. Er war von Haus aus wohl ein ehrlicher Mensch, den selbst eine größere Geldsumme nicht in Versuchung geführt hätte zum Diebe zu werden, aber um seiner augenblicklichen Not abzuhelfen, würde er sich ohne Gewissensbisse an fremdem Gute vergriffen haben. Wie Karline es anstellen sollte, für ihn zu stehlen, daran dachte er jetzt nicht. Er versuchte sich nur die Gefahren auszumalen, denen er selber entgegenging. Der Gensdarm, die Forstaufseher, der Hunger, die Obdachlosigkeit — das war gerade genug! Wenn er erst die Uniform los war, stellte er sich das Weitere ganz leicht vor. Dann ging er auf die Walze und focht sich bis in sein Heimatsdorf durch, das ja schließlich nur sechs oder

sieben Meilen entfernt war. Die Eltern mußten
eine Kuh verkaufen und ihm dadurch das
Reisegeld nach Amerika verschaffen. Dort wurde
man ja bekanntlich so ungemein leicht und
rasch ein wohlhabender Mann — und dann
ließ er seine Karline nachkommen. An die
Schwierigkeiten mit der verwünschten Polizei,
die immer Papiere sehen will, dachte er weiter
nicht.

Als er nun so seinen Zukunftsplan im
gröbsten beisammen hatte, gab er weiteres
unnützes Grübeln auf und schlug sich in den
Wald, um zunächst einmal den Steinbruch auf=
zusuchen, welchen Karline als Ort der Zu=
sammenkunft für den Abend angegeben hatte.
Er vermied die große Landstraße, die durch
den Wald führte und verfolgte aufs Gerate=
wohl irgend welche Holzwege und Schneisen.
Bei jedem Geräusch fuhr er zusammen und
versteckte sich ängstlich im dichten Gebüsch, bis
er sich wieder sicher glaubte. Stundenlang
irrte er so die Kreuz und Quer umher und
fand keinen Steinbruch, wohl aber stellte sich
bald wieder der Hunger ein. So verlegte er

sich aufs Blaubeeren pflücken. Das war ein
ziemlich mühevolles Geschäft, denn es fanden
sich nur vereinzelte reife an jedem Busch und
er brauchte eine ganze Stunde, bis er seine
Mütze nur halbvoll hatte. Ein paar Erd-
beeren waren auch darunter. Die reifen waren
noch rar genug.

Langsam schluckte er seine Mahlzeit hinunter und dabei empfand er ein so heftiges
Mitleid mit sich selbst, daß ihm dicke Thränen
über die Backen zu laufen begannen. Es war
zwölf Uhr vorbei. In der Kaserne schlugen
sie sich die Mägen voll Brühkartoffeln, und
Wurst und Speck und weiß der Himmel was
für guter Dinge noch. Vielleicht hatte gar
schon einer einen passenden Schlüssel zu seinem
Schrank gefunden und sich über die Reste der
mütterlichen Sendung hergemacht. Und er
hatte nicht einmal ein Stück Brot! Die stärksten
Flüche suchte er zusammen, die er je von seinen
Vorgesetzten gehört und reihte sie aneinander
wie große und kleine Küglein zu einem er-
baulichen Rosenkranze, um seinem gepreßten
Herzen Luft zu machen. Aber er bekam Angst

vor seiner eigenen Stimme. Es konnte ja
immer sein, daß just ein Forstbeamter in der
Nähe war und ihn hörte. Und er machte sich
wieder auf und schlug die entgegengesetzte
Richtung ein.

Es wurde drei, es wurde vier Uhr und
immer noch hatte er den Steinbruch nicht ge=
funden. Wo in aller Welt sollte er auch da=
nach suchen in dem meilenweiten Walde! All=
zuweit von Groß=Bösleben konnte er doch nicht
entfernt sein, sonst hätte Karline ihn doch wohl
nicht zum Stelldichein erwählt. Es dauerte aber=
mals eine halbe Stunde, ehe er sich glücklich nach
dem Waldrande zurückfand und Groß=Bösleben
vor sich liegen sah. Aber es war gefährlich sich
hinaus zu wagen, denn er hörte da und dort
Stimmen von Feldarbeitern. Er ging also durch
Dick und Dünn noch am Waldessaum zwischen
den jungen Buchen und Haselsträuchern einher,
bis er nach abermals einer halben Stunde an
einen ausgefahrenen alten Hohlweg kam, der
augenscheinlich nicht mehr benutzt wurde. Das
mochte der Weg zum Steinbruch sein. Und
mit neu belebter Hoffnung verfolgte er ihn.

Er hatte sich nicht getäuscht. Als seine
Uhr bald halb sechs zeigte, befand er sich
wirklich in dem verlassenen Steinbruch. Fast
senkrecht, doch vielfach zerklüftet und zum Teil
schon wieder mit Gras und niederem Strauch=
werk bewachsen, ragte vor ihm und zu seiner
Rechten die Felswand wohl an die zwanzig,
dreißig Meter hoch empor, während sie zur
Linken allmählicher abfiel bis zum Hohlweg
hinunter. Der ziemlich enge Kessel war noch
mit zahlreichen Steintrümmern übersäet. Auch
ein paar roh zugehauene, aber bei der Arbeit
zersprungene Mühlsteine befanden sich darunter.
In einer Felsenhöhle entdeckte er noch ein paar
halb verfaulte Bretter und Pfähle, die einst eine
Schutzhütte für die Arbeiter gebildet haben
mochten. Auch ein kleiner Quell brach krystall=
klar aus einer Felsspalte hervor. Darin
wusch er sich die vom Beerenpflücken blauen
Hände und erquickte sich durch einen guten Trunk
und netzte sich die brennenden Augen mit dem
kalten Wasser. Dann setzte er sich auf einen der
Mühlsteine, zog seinen Waffenrock aus und
putzte die Knöpfe mit den Hemdärmeln so gut

es gehen wollte. Das war doch wenigstens eine Beschäftigung — außerdem erwartete er ja seinen Schatz. Eine fast heitere Stimmung bemächtigte sich seiner. Sie konnte ihn ja nicht im Stiche lassen, und was Gutes zu essen, ein Brot zum mindesten, würde sie ganz sicher mitbringen, die gute Seele — sie konnte doch ihr Gottliebchen nicht hungern lassen!

Aber die Zeit verging, es wurde sechs, es wurde sieben — und keine Karline ließ sich blicken. Immer wieder und wieder lief Quaritsch den Hohlweg ein paar hundert Schritte hinab und dann wieder zurück, kletterte einen steilen Abhang hinauf, um einen weiteren Überblick zu haben — sie kam nicht. Sein Magen knurrte ganz gewaltig, aber er wollte ihn nicht noch einmal mit Beeren füllen und sich den Appetit für das gute Nachtessen verderben, das ihm doch vielleicht noch beschieden sein mochte. Es war ja leicht möglich, daß sie vor Feierabend sich nicht losmachen konnte. Und er tröstete sich vorläufig mit diesem Gedanken und suchte nach einer Zerstreuung, um seinen Hunger zu betäuben. Wenn er jetzt eine Cigarre gehabt hätte, oder wenigstens seine kurze Pfeife, er hätte dürre Blätter, Kienäpfel oder sonst etwas hineingestopft und mit Wolluft den beizenden Qualm eingesaugt.

Er machte sich an die Untersuchung der Höhle, warf allerlei Unrat hinaus, kehrte mit abgeschnittenen Zweigen nach und trug dann Arme voll Farrenkraut, Gras und Blättern zu= sammen, um sich für die Nacht ein leiblich weiches Lager zu bereiten. Das Heu vom Brautbett kam als Kopfkissen zu oberst. Dann stemmte und klemmte er so gut es gehen mochte die alten Bretter vor den Eingang.

Als es neun Uhr geworden und von Kar= line immer noch nichts zu sehen war, gab Quaritsch die Hoffnung auf. Nun mußte er sich gar mit leerem Magen zur Ruhe legen, denn unter den Bäumen war es schon so finster, daß er sich nicht mehr einen Mund voll Blau= beeren zusammen zu lesen vermochte. Noch einmal erstieg er den steilen Rand des Hohl= wegs und rief in seiner Verzweiflung den Namen der Liebsten laut hinaus in die sinkende Waldesnacht. Aber keine Antwort ließ sich

hören. Dicht neben ihm aus dem hohlen Stamm
einer alten Eiche flatterte erschreckt mit klatschen=
den Schwingen eine Eule auf. Dann war
Grabesstille ringsumher. Und der Flüchtling
stöhnte tief auf, schlug sich mit den harten Fäusten
gegen den Kopf und knirschte vor sich hin:
„Carline, Carline! Gott soll mich verdamme,
morchen frieh mach ich in be Caserne zuricke.
Willst 'enn mich laß Hungers sterbe, Mensch
verfluchtjes? — Da hat m'r nune gelauert un
gelauert! — Nu nee ja, was be zu bulle is …
Da mecht m'r sich an liebsten gleich uffhänge —
— nachen werscht D' es 'enn wohl berein! —
Ach Mätchen, un so gutt wie ich D'r gewäsen
bin!"

Er kroch in seine Höhle und streckte sich auf
seinem Lager aus. Aber der nagende Hunger
ließ ihn nicht schlafen, noch die fiebrig einander
jagenden Gedanken in seinem Hirn. Die näct=
lichen Stimmen des Waldes, das gelle Gelächter
eines Käuzchens, das dumpfe Uhuuu einer
Eule, das hell quarrende Geheul eines Fuchses
ganz in der Nähe oder der ferne Schrei eines
Hirsches ließ ihn immer wieder aus seinem un=

ruhigen Halbschlaf erschrocken emporfahren. Und
selbst, als ihn tief in der Nacht endlich Bewußtlosigkeit umfing, trieben ihm entsetzliche Ver-
folgungsträume den Angstschweiß aus allen
Poren. — — —

Er erwachte schon sehr früh am andern
Morgen mit steifen Gliedern und schmerzendem
Rücken. Es war kaum vier und empfindlich
kühl und feucht in dem eingeschlossenen Felsen-
kessel. Sein erster Gedanke war, wieder wie
gestern in dem kleinen Gärtchen einzubrechen
und sich an Kirschen satt zu essen. Aber bald
verdrängte diesen Entschluß der Gedanke, daß
seine ‚Garline‘ sich vielleicht vor Tau und Tage
aufgemacht haben möchte, weil sie gestern abend
nicht losgekommen war. Und versäumen durfte
er sie keinesfalls. So blieb er also, wusch sich
an der Quelle und trabte dann eine Weile im
Kreise herum, um warm zu werden und seine
steifen Knochen wieder gelenkig zu machen.

Als es aber sechs Uhr geworden war, ohne
daß Karline kam, gab er das Warten auf und
faßte den Entschluß in die Garnison zurückzukehren und sich auf Gnade oder Ungnade dem

Standgericht zu stellen. Vielleicht fiel die Strafe
milder aus, wenn er nicht wartete, bis er vom
Gensdarm gefaßt wurde. Mit gesenktem Kopf,
die Hände in den Hosentaschen, viel vor sich
hinseufzend, schritt er den Hohlweg hinab bis
zum Waldrand. Aber da konnte er es vor
Hunger nicht mehr aushalten und machte sich
von neuem auf die Beerenlese. Dabei kam er
wieder tiefer in den Wald hinein und verlor
dermaßen die Richtung, daß er erst gegen
halb acht Uhr zu seiner eigenen größten Ver=
wunderung auf die Chaussee stieß, welche durch
den Wald nach der Garnisonsstadt führte. Der
Stand der Sonne gab ihm die Richtung an
und mit finsterer Entschlossenheit marschierte er
auf der Straße gen Osten. Ob ihm jemand
begegnete und ihn anhielt, war ihm jetzt gleich=
gültig.

Er war kaum zehn Minuten so fortgewandert,
als er Pferdegetrappel vernahm und aufschauend
einen Reiter rasch auf sich zu traben sah, der
entweder ein Offizier oder ein Gensdarm sein
mußte, denn er sah einen Säbel in der Sonne
blißen. Gedankenlos dem ersten blinden Trieb

gehorchend, sprang er über den Graben und
versteckte sich hinter dem nächsten Busch. Nur
eine Minute später und der Reiter war so nah,
daß er sein Gesicht erkennen konnte. Es war
sein eigener Hauptmann! Das Herz stand ihm
still — er wagte nicht zu atmen — seine Kniee
zitterten unter ihm. Und was für eine drohende
Miene der Grimmige heut aufgesetzt hatte! Der
hieb ihn in seinem gefürchteten Jähzorn mit der
blanken Klinge zusammen, wenn er ihn entdeckte.

Jetzt war er um die Biegung des Weges
verschwunden und Quaritsch wagte sich, immer
noch zitternd, aus seinem Versteck hervor. Er
horchte nach allen Seiten, und da plötzlich hörte
er von Osten her das Getrappel einer mar=
schierenden Kolonne sich nähern. Das mußte
die elfte Compagnie sein, auf Felddienstübung
im Walde, oder vielleicht gar kommandiert,
um seiner durch ein großes Kesseltreiben hab=
haft zu werden. Die Angst schnürte ihm einige
Sekunden lang die Kehle zu. Sein Vorsatz,
sich selbst dem Kriegsgericht zu stellen, war
vergessen — und sobald er wieder zu Atem kam,
rannte er querwaldein in der Richtung nach

Norden davon, auf und ab, durch Dick und
Dünn. Nach einer Stunde etwa erreichte er
wieder den Waldrand, aber die Gegend war
ihm hier fremd und auf den nächsten Feldern
waren zahlreiche Menschen beschäftigt. So zog
er sich wieder verängstigt in das Dickicht
zurück. Er wußte nun nicht mehr aus und
ein. Es sauste und brauste ihm in den Ohren,
alle seine Pulse schlugen zum Zerspringen
von dem langen, angestrengten Lauf. Sein
Gehirn versagte den Dienst. Zum Tode matt
warf er sich zu Boden zwischen Farrenkraut
und Moos — und da lag er flach ausgestreckt,
gedankenlos, gefühllos fast, nicht schlafend und
nicht wachend ein paar Stunden lang.

Ein heftiges Brennen an Armen und Beinen
schreckte ihn endlich aus seiner Betäubung auf.
Er war zu nah an einen Waldameisenbau zu
liegen gekommen. Fluchend sprang er auf, um
sich durch Schütteln und Reiben und Klatschen
von der Plage zu befreien und dann taumelte
er wieder weiter ohne Richtung, ohne Ziel
zwischen den hier weit stehenden und hoch ragen=
den Buchen und Eichen hindurch. Von Zeit zu

7*

Zeit blieb er stehen und preßte seine Stirn an einen der glatten grauen Stämme, tief aufstöhnend, nichts denkend. Und dann trieb es ihn wieder weiter, ohne daß er wußte, ob er tiefer in den Wald hinein oder hinaus gelangen würde.

Nach etlicher Zeit kam er auf eine Lichtung hinaus. Da war Klobenholz zu regelmäßigen Klaftern aufgeschichtet. Er schaute um sich, ob er nicht vielleicht Holzknechte entdeckte, denen er ein Stück Brot abbetteln könnte; aber es war auch hier ganz einsam. Die Sonne brannte heiß hernieder und ein schwerer, betäubender Duft nach vielerlei Waldblumen, die in bunter Üppigkeit hier wucherten, stieg ihm zu Kopfe. Matt schlich er dicht an den Holzhaufen entlang, oftmals mit der Schulter dagegen anstoßend im schlaffen Dahintaumeln.

Da fiel plötzlich ein Schuß. Quaritsch zuckte zusammen und blickte sich um. Da — an der andern Seite der Lichtung — zu seiner Linken zwischen den Bäumen am Waldrand sah er ein Rauchwölkchen aufsteigen. Man hatte also auf ihn geschossen. Der Gedanke ließ ihn im ersten Augenblick vor Schreck erstarren. Aber da

glitzerte ja etwas auf. War das nicht ein
Helm? Ja, wahrhaftig! Und da war noch
ein Helm. Und da blitzte wieder ein Flinten-
lauf und legte auf ihn an. Und paff! — noch
einmal. Der wohlbekannte Knall der Platz-
patrone. Eine Patrouille wahrscheinlich, die
auf den Feind gestoßen zu sein vermeinte,
Kameraden von der eigenen Compagnie, die
auf ihn schossen! Nein, von denen wollte er
sich doch nicht fassen lassen! Und er sprang
hurtig auf die andere Seite der Holzklaftern,
schlug sich wieder in den Wald und rannte davon, so rasch ihn seine Beine tragen wollten.

Er war noch nicht lange gelaufen, als
wieder ein Schuß fiel und zwar aus ent-
gegengesetzter Richtung. Er blieb stehen und
stierte gerade aus. Und wirklich, kaum zwei-
bis dreihundert Schritt vor sich sah er Uni-
formen zwischen den Bäumen und die Leute,
die wohl einer Postenkette angehören mochten,
hatten leinene Helmkappen. Es schien also
eine größere Uebung von zwei Compagnien
gegeneinander vor sich zu gehen. Gewiß waren
also auch noch mehrere berittene Offiziere in der

Nähe, der Herr Major mit seinem Adjutanten
und wer weiß wer noch. Einen Augenblick
dachte er daran, der fremden Compagnie ruhig
entgegenzugehen und sich ihr als Arrestanten
auszuliefern; aber nur einen Augenblick, denn
ein fürchterliches Bild drängte sich ihm plötz=
lich auf. Alle die hohen Herren, die von ihren
Pferden herab auf ihn einschreien würden und
ihn in Grund und Boden verdonnern ob seiner
Fahnenflucht, angesichts der schadenfroh grinsen=
den Mannschaften, seiner verhaßten Stuben=
kameraden. Und wie sie ihn dann zwischen
zwei Unteroffizieren hinter der Kolonne her=
marschieren lassen würden, die ihn mit dem
Kolben weiterstießen, wenn ihm die Kniee den
Dienst versagten! Und so in seinem Aufzug
mit den zerrissenen Hosen durch die Dörfer
hindurch und durch die Gassen der Garnison=
stadt geführt zu werden! Vielleicht stand in
Groß=Bösleben gar seine Karline am Wege und
erhub ein Jammergeschrei, wenn sie ihn so als
Delinquenten schmählich transportieren sah! Die
Compagnie lachte ihn noch obendrein aus und
rief seinem Schatze rohe Spottworte zu. Nein,

die Schande ließ er nicht über sich ergehen!
Lieber mochten sie ihn schon auf der Flucht
totschießen wie einen tollen Hund!

Jetzt bewegte es sich da hinter den Bäumen.
Die Posten schienen sich untereinander zu be=
raten. Aha, die schickten einen mit einer Mel=
dung zur Feldwache. Und jetzt kamen gar
zweie auf ihn zugelaufen. Da setzte er sich
wieder in Laufschritt und rannte mit linksum
davon. Bald geriet er in dichtes Unterholz.
Dornen kratzten ihm über Gesicht und Hände,
zurückschnellende Haselgerten peitschten ihm die
Backen. Er achtete deß nicht, warf die rechte
Schulter vor und stemmte sich mit plumper
Wucht durch das Dickicht, bis ihm völlig der
Atem ausging. Und wie er Halt machte, um
sich zu verschnaufen, hörte er dicht vor sich im
Busch gleichfalls ein Rascheln und Knacken.
War er doch in eine Falle gegangen? Er
spähte durch die Zweige hindurch. Nein, er
sah ein Reh, das er von seinem Lager aufge=
scheucht hatte und das nun mit seinen Kitzen
davon sprang. Noch ein paar Schritte ar=
beitete er sich vorwärts und dann befand er

sich an der Stelle, wo die Tiere eben noch ge=
legen haben mußten.   Er erkannte den Platz
an der Losung, an den Haarbüscheln, die im
Dickicht hängen geblieben waren und an dem
niedergedrückten Grase!   Da lud er sich zu
Gaste und warf sich todmüde zu Boden, bäuch=
lings, das Gesicht in die Hände vergraben.

Gleich darauf erhub sich ein lebhaftes
Flintengeknatter, Kommandorufe schallten von
fern her durch den Wald und endlich — hurrah,
hurrah! — und Salven und Hörnersignale.

Quaritsch richtete sich halb auf und lauschte.
Und dann verzog er den Mund zu einem
breiten Lächeln und brummelte vor sich hin:
„Ja, schreit Ihr nur Hurrah, Ihr Hornochsen
Ihr! Mich kriet er labendig doch nich zu fasse.
Eh'r be daß de Ihr mich wie so 'en Verbrecher
in de Stadt schleppt, eh'r bring ich mich um."
Und er zog sein großes Taschenmesser hervor,
klappte es auf und führte damit einen Stoß
gegen die Herzgegend — nur im Spaße, um zu
probieren, ob die Spitze auch durchkam, wenn
er ordentlich zustieß. Sie durchschnitt ihm Rock
und Hemd und ritzte die Haut.   Das fühlte

er an dem leichten Prickeln, als er das Messer
wieder herausgezogen hatte. Oh, wenns Ernst
wurde, wollte er schon gehörig zustoßen! Und
wie er den Schaden im Rocktuch untersuchte,
fiel sein Blick auch auf das rote Gummiband
zwischen den Knopflöchern. Da mußte er an
seine Karline denken. Die mochte jetzt sitzen
und ihr Mittagbrot verzehren, während er
halbtot gehetzt, halb verhungert Unterschlupf
suchte bei dem Getier des Waldes, das er aus
seinem Nest vertrieb! Und wieder nach einer
kurzen Weile vernahm er das Signal „Gewehr
in Ruh" und dann den Offiziersruf; und
Pferdegetrappel auf hartem Boden ertönte
ganz aus der Nähe. Er konnte nicht weit von
der Straße entfernt sein. Aber so völlig er=
schöpft wie er jetzt war, vermochte selbst die
Furcht nichts mehr über ihn. Das Fieber des
Hungers und der Aufregung tobte in seinen
Adern, es wurde ihm schwarz vor den Augen,
der Kopf sank ihm matt hintenüber — er ver=
lor das Bewußtsein. — —

Als er wieder zu sich kam, war sein erstes,
auf die Uhr zu schauen. Es war zwei Uhr

vorbei. Der Hunger und der Durst peinigten
ihn zu unerträglich. Er mußte heraus aus
seinem Versteck, um zum wenigsten einen Schluck
frischen Wassers zu finden, aber er fühlte sich so
matt und schwindlig, daß es ihm unendliche
Mühe kostete, sich aus dem Dickicht herauszu-
arbeiten. Das Unterholz erstreckte sich zum
Glück nicht sehr weit. Und da schimmerte auch
schon die Landstraße durch die Bäume. Die
Soldaten waren längst wieder in der Garnison, vor denen war er jetzt sicher; aber
sicher war's auch, daß sie dort in der Stadt
durch die Meldung der Patrouillen, auf die er
gestoßen war, nun auch wußten, daß er sich
hier im Walde aufhielt und daß sie die Gens-
darmen auf die Fährte weisen würden. Wenn
ihn die Karline nicht im Stiche ließ mit den
Civilkleidern, dann konnte er immer noch hoffen
durchzukommen. Er beschloß also nach dem
Steinbruch zurückzukehren und ihrer in Geduld
zu harren. In der Felsenhöhle wollte er sich
möglichst häuslich einrichten — und faßten sie
ihn dort ab, dann blieb ihm ja immer noch
das Messer übrig. Wie aber den Steinbruch

wieder finden? Er hatte gänzlich die Richtung
verloren.

Tief aufseufzend taumelte er weiter von
Baum zu Baum, der Straße folgend. Und
dann stieß er wieder auf eine Stelle, wo die
Blaubeeren besonders üppig standen. Auf allen
Vieren langsam vorwärts kriechend, pflückte er
sich die karge verhaßte Mahlzeit zusammen.
Was half's — er mußte doch etwas in den
Magen bekommen, da er doch einmal nicht
Gras fressen gelernt hatte. Ihm war so übel
während er aß, und vor reiner Schwäche
liefen ihm immer die Thränen über die Backen.
Er hätte einen umbringen können, ein paar
Bissen Brotes wegen!

Des öfteren schon waren Fuhrwerke auf
der Landstraße vorübergerollt und der Gedanke
war in ihm aufgeblitzt, sie anzuhalten und die
Kutscher um Brot anzugehen. Doch wenn sie
ihn dann ausfragten, was für Märchen sollte
er ersinnen, damit sie nicht Verdacht schöpften
und ihn festnahmen? Tolle Bilder wie im
Fiebertraum sprangen wie Blasen in seinem
überhitzten Hirn auf — aber er hatte immer

noch Besinnung genug, deren Unsinnigkeit selbst
einzusehen. Wenn er sich aufs Lügen verlegte,
so verriet er sich ganz sicherlich. So kroch und
schlich er denn weiter und schwatzte unzusammen-
hängendes Zeug vor sich hin, Bruchstücke aus
Kirchenliedern, die er in der Schule gelernt hatte,
Flüche, von denen der Kasernenhof wiederzuhallen
pflegte, Reden und Gegenreden aus Gesprächen,
die er einmal mit den Seinen geführt haben
mochte und die ihm plötzlich wieder mit merk-
würdiger Deutlichkeit in Erinnerung kamen.

Stundenlang irrte er in diesem Zustande
qualvoller Bewußtlosigkeit umher, bald rechts
bald links von der Landstraße. Da ließ ihn
plötzlich der Schall fröhlicher Kinderstimmen
ganz in seiner Nähe aus seinem Traume auf-
fahren. Lustig singend trotteten zwei Mädchen
von etwa zehn und sechs und ein kleiner Bube
von etwa vier Jahren barfuß auf der Landstraße einher. Sie hatten Beeren gesammelt,
die sie in kleinen Henkelkörben am Arme trugen.
Und dann unterbrach die Älteste ihren Gesang
um sich an das hinterdrein trabende Brüderchen zu wenden.

„Was is'enn, Gottliebchen? Was heilst benn? Hast'n etwan schon wieder Hunger?"

Und als das Kind bejahte, holte die große Schwester aus ihrer Tasche ein Stück Brot hervor und reichte es mit freundlichem Zuspruch dem schnell beruhigten Brüderchen.

Quaritsch hatte das alles mit angesehen und gehört. Und plötzlich kam er zwischen den Bäumen hervor, sprang mit einem Satz über den Chausseegraben und stürzte wie ein Wahnsinniger auf die Kinder los.

Die beiden Mädchen kreischten tödlich erschrocken auf und rannten davon, so rasch ihre Füße sie nur tragen wollten und das Bübchen jämmerlich heulend ihnen nach.

Mit ein paar Sätzen hatte Quaritsch es eingeholt, es von hinten beim Kragen ergriffen, daß es sofort zu Boden fiel und ihm das Stück Brot entrissen. Gierig, mit vorquellenden Augen biß er hinein, während das Kind sich vom Boden aufraffte und davon rannte.

Da blickte er ihm kauend mit blödem Lächeln nach und rief: „Also Gottliebchen heeßte? Gottliebchen, wart of, ich buh D'r je nischt! Du bist je doch mei liebes Gottliebchen."

Und dann würgte er rasch hinunter, was er im Munde hatte, lachte auf wie ein Irr= sinniger und schrie dem Kinde nach aus Leibes= kräften: „Gottliebchen, Gottliebchen, nu heere doch — ich heeße je doch auch Gottliebchen!"

Mitten in der Straße blieb er stehen und aß das kleine Stückchen Brot. Die Kinder waren längst um die Biegung der Straße verschwunden. Pferdegetrappel näherte sich in raschem Trabe, aber er achtete beß nicht. Breitbeinig blieb er stehen, pfiff vor sich hin und starrte dem Reiter entgegen.

Herrgott, himmlischer Vater, es war der Gensdarm! Der Karabiner blitzte auf seinem Rücken, der Säbel an seiner Seite.

Mit einem Satz war Quaritsch wieder über den Graben und rannte in den Wald hinein — um sein Leben. Der Gensdarm setzte mit seinem Roß gleichfalls über den Graben und hinter ihm her. Die Stämme standen so weit auseinander, daß er ganz wohl dazwischen durch= reiten konnte, aber freilich nicht rasch, und so behielt der Flüchtige seinen Vorsprung. Über eine Viertelstunde lang blieben sie einander auf fünfzig bis hundert Schritte nah, dann aber ersah Quaritsch seinen Vorteil und schlug sich zur Seite, wo die Bäume dichter bei einander standen.

Dort kam der Reiter nicht mehr durch, er mußte absitzen. Aber er war flink auf den Beinen, flink wie der Teufel und hatte nach wenigen Minuten schon den Zeitverlust wieder eingebracht. Jetzt sah er den roten Kragen des Deserteurs schon wieder zwischen den Bäumen aufleuchten. Weiter vorn öffnete sich eine weite Lichtung und — „Steh, Hund ver= fluchter, oder ich schieße!" schrie er ihm mit Donnerstimme nach.

Quaritsch verdoppelte seine Schnelligkeit und stürzte mit letzter Kraftanstrengung vor= wärts.

„Halt!" schrie es hinter ihm — und noch einmal „Halt!" und zum drittenmal . . . . . .

Da gellte ein markerschütternder Schrei durch die Luft und die Gestalt des Flüchtlings war plötzlich verschwunden — — wie vom Boden verschlungen.

Und wie ein schauerliches Echo jenes Todes=
schreies erschallte gleich darauf von fernher und
aus der Tiefe herauf ein langgezogenes wim=
merndes Geheul, das schon gar nichts Mensch=
liches mehr an sich hatte.

Der Gensdarm ließ den Karabiner sinken,
den er schon an die Wange gerissen hatte,
und hielt sich mit der linken Hand, von Ent=
setzen durchschauert, das Ohr zu. Langsam nur
schritt er vorwärts, schwer atmend.

Und nun stand er am Rande des Abgrunds
und beugte sich ein wenig vor. Da unten im
Grunde des verlassenen Steinbruchs, da lag
ein zerschmetterter Körper in blutüberströmter
Uniform. Und Blut bezeichnete den Weg, den
er bei dem grausigen Absturz genommen, mehr=
fach aufprallend auf hervorstehenden Felsen=
spitzen. Und neben der entsetzlich zugerichteten
Leiche kauerte ein Weib — und die war es,
die jenes fürchterliche tierische Geschrei ausstieß.

Der Gensdarm nahm den Helm ab, wischte
sich mit dem Ärmel den Schweiß von der
Stirn und murmelte in seinen Bart: „All=
mächtiger Gott im Himmel — das hab ich

nicht gewußt — das hab ich nicht gewollt!"
Und er schaute in seinen Helm hinein und
betete mit zitternden Lippen ein Vaterunser.

Und dann kehrte er wieder um, bestieg sein
Pferd und ritt langsam den sanften Abhang
hinunter, um in den Steinbruch zu gelangen.
Er hatte ja noch eine Pflicht zu erfüllen. Die
Karoline Gautsch von Groß-Bösleben war seit
heute früh abgängig geworden und stand unter
dem dringenden Verdacht, dem Großknecht vom
Rittergut einen Anzug, sowie verschiedene Lebens-
mittel aus der Speisekammer entwendet zu
haben. Der fahnenflüchtige Füsilier war zu-
letzt in ihrer Gesellschaft gesehen worden. Es
war schon die da im Steinbruch, die so gräß-
lich über der Leiche schrie. Da mußte er sie
denn festnehmen.

„Die is gestraft genug, das arme Mensch!"
brummte er mitleidig vor sich hin. Und seufzend
setzte er auf dem Hohlweg seinen Gaul in Trab.